Ich schenk dir eine Geschichte 2006

omnibus

Wir danken den Autorinnen und Autoren,
die ihren Leserinnen und Lesern
die in diesem Buch enthaltenen
Geschichten geschrieben und geschenkt
haben.

Wir danken den Buchhandlungen,
die mit ihrem Engagement dieses Buch
und den Welttag unterstützen.

Wir danken folgenden Firmen,
mit deren freundlicher Unterstützung
dieses Buch ermöglicht wurde:

Holmen Paper AB, Schweden
(Textpapier)
Tullis Russel papermakers limited,
Schottland
(Umschlagkarton)
Uhl + Massopust, Aalen (Satz)
Repro Stegmüller, München
(Umschlagrepro)
GGP Media GmbH, Pößneck
(Druck/Bindung)
VVA Vereinigte Verlagsauslieferungen,
Gütersloh

Ich schenk dir eine Geschichte 2006

Geschichten vom Reisen

Herausgegeben von
der Stiftung Lesen
in Zusammenarbeit mit
der Deutschen Bahn AG,
der Verlagsgruppe
Random House
und dem ZDF

omnibus

omnibus

OMNIBUS
ist der Taschenbuchverlag für Kinder
in der Verlagsgruppe Random House

OMNIBUS-Taschenbücher gibt's in Buchhandlungen, in Buchabteilungen der Warenhäuser und überall, wo man Bücher kaufen kann.
Buchhandlungen sind gern bereit, jedes lieferbare OMNIBUS-Taschenbuch schnell zu besorgen.
Das OMNIBUS-Gesamtverzeichnis gibt's beim Buchhändler oder unter dieser Adresse: OMNIBUS, Prospektservice, 81664 München

Informationen über unser Programm im Internet:
http://www.omnibus-verlag.de

Umwelthinweis:
Alle bedruckten Materialien dieses Taschenbuches sind chlorfrei und umweltschonend.

Einmalige Sonderausgabe April 2006
Gesetzt nach den Regeln der Rechtschreibreform

Umschlagbild: Philip Waechter
Umschlagkonzeption: Klaus Renner
Daumenkino: Nick Blume, nach einer Vorlage von NETWORK!, München
SK · Herstellung: CZ
Satz: Uhl + Massopust, Aalen
Druck und Bindung: GGP Media GmbH, Pößneck
ISBN-10: 3-570-27500-0
ISBN-13: 978-3-570-27500-9
Printed in Germany

www.omnibus-verlag.de

Vorwort

Wenn ein Junge einen Skiparka, Papas Bademantel und vier Schals gleichzeitig anzieht, obwohl er gar nicht das Haus verlassen will, dann ist klar: Er wird gleich etwas ganz Außergewöhnliches erleben. Und wenn dieser Junge namens Frankie ein anderes Mal sogar heimlich in einen Zug steigt – dann wird aus dieser Reise ein Abenteuer, bei dem der Puls auf ICE-Geschwindigkeit steigt…

Wie clever Frankie in der heimischen Tiefkühltruhe und in den verschiedensten Zugabteilen zwischen Berlin und Venedig mit allen Herausforderungen klarkommt, das erzählt eine der insgesamt acht »Geschichten vom Reisen«, die wir hier für euch ausgesucht haben. Die anderen sieben sind mindestens genauso spannend – und alle möchten nicht nur die Lust auf fremde Städte, Landschaften und Bahnhöfe wecken, sondern auch aufs Weiter- und Immer-Weiter-Lesen.

Dass unser neues Welttags-Kinderbuch »Ich schenk dir eine Geschichte 2006« jetzt in ganz Deutschland verschenkt werden kann, dafür sagen wir den vielen

Buchhandlungen und anderen Projektpartnern ein ganz herzliches Dankeschön. Und euch wünschen wir nicht nur viel Spaß beim Lesen, sondern drücken euch auch fest die Daumen, dass ihr beim Quiz am Ende des Buches einen von den vielen tollen Preisen gewinnt…

Markus Schächter
Intendant des ZDF

Hartmut Mehdorn
Vorstandsvorsitzender
der Deutschen Bahn AG

Klaus Eck
Verleger und Geschäftsführer
Verlagsgruppe Random

Rolf Pitsch
Vorstandsvorsitzender
der Stiftung Lesen

Inhalt

Zoran Drvenkar

Unterwegs

Frankie verschwand heute Nachmittag. Und wenn jemand wie Frankie verschwindet, sorgt das immer ein wenig für Panik. Frankie ist fünf. Und Frankie verschwindet gerne.

»Ich geh mal pinkeln«, hatte er gesagt, als wir bei *Dunkin Donuts* saßen.

Während er weg war, trank ich meinen Kakao leer und schaute aus dem Fenster. Frankie kam nicht wieder. Nach zehn Minuten öffnete ich die Tür zu den Toiletten. Frankie war verschwunden.

Mutter dachte, dass er bei einem Freund war. Als ich mit Vater telefonierte, sagte er, dass mir Frankie bestimmt einen Streich gespielt hatte und jeden Moment durch die Tür kommen würde. Manchmal bin ich mir sicher, dass unsere Eltern uns überhaupt nicht kennen. Ich bin Frankies große Schwester, er würde nie zu einem Freund gehen, ohne mir davon zu erzählen. Und er würde mir nie so einen Streich spielen. Nicht Frankie.

»Wenn er um sechs nicht wieder da ist«, sagte Mutter, »dann gehen wir ihn suchen.«

Um sieben war Frankie noch immer nicht zurück. Mutter hatte Freunde und Bekannte angerufen. Frankie blieb verschwunden.

»Wenn ihm was passiert ist…«

Mutter sprach nicht weiter, sie drückte sich die Hand auf den Mund.

»Mama«, beruhigte ich sie, »Frankie passiert nie was. Er ist es, der die Dinge geschehen lässt. Da würde ich mir keine Sorgen machen.«

Mutter sah mich komisch an.

»Wie meinst du das?«, fragte sie.

»Die Kühltruhe«, sagte ich. »Weißt du noch die Kühltruhe?«

Frankie hatte sich die Tauchermaske von Vater ausgeliehen. Er nannte es *das Experiment*. Und *das Experiment* fand bei uns im Keller statt.

Der Schnorchel von der Tauchermaske führte aus der Kühltruhe raus, denn Frankie war ja nicht dumm. Er hatte nicht vor, Atemnot zu bekommen. Und da saß er dann mitten in der Kühltruhe – zwischen Pizza und gefrorenen Hähnchen, zwischen vier Forellen, die Papa im letzten Sommer gefangen hatte, und einer 10er-Packung Eislutscher, die so schrecklich schmeckten, dass nur zwei davon fehlten. Frankie saß mittendrin und trug seinen Skiparka, Papas Bademantel, Mamas Leggings, drei Paar Socken und gefütterte Stiefel. Er trug vier Schals, zwei Paar Handschuhe und Knieschützer und hielt in der einen Hand eine Taschenlampe und in der anderen eine Schale Wasser.

Fünf Stunden vergingen, dann stieg Frankie wieder aus der Kühltruhe, befreite sich von den Klamotten und sank in die dampfende Badewanne, die ich schon hatte einlaufen lassen. Ich hatte natürlich die ganze Zeit vor der Kühltruhe gesessen und mit Frankie gequatscht. Ich hatte nicht vor, meinen einzigen Bruder wegen einem Experiment zu verlieren.

Frankie war sehr zufrieden mit sich, ich war sehr zufrieden mit Frankie. Mein kleiner Bruder hatte beobachtet, wie Wasser zu Eis wurde, und welcher Mensch konnte das schon von sich behaupten?

Frankie ließ die Dinge geschehen. Es war nicht andersherum.

»Mir reicht es, ich rufe jetzt die Polizei«, sagte Mutter um zehn nach sieben und wollte eben zum Hörer greifen, als das Telefon klingelte. Mutter bekam große Augen. Sie konnte sich nicht rühren und sah mich bittend an. Ich kannte meine Mama. Manchmal verspürte sie eine solche Angst, dass sie regungslos wurde. Ich nahm den Hörer ab.

»Ja?«

»Delia?«

»Frankie! Wo bist du?«

»Köln«, sagte Frankie.

»Was?!«, sagte ich, drückte den Hörer fester an mein Ohr und hörte aus dem Hintergrund Stimmengemurmel und dann eine Zugansage.

»Du«, sprach Frankie weiter, »hier ist ein Mann bei McDonalds, der meint, dass es keine so gute Idee ist, wenn ich Fleisch esse. Der meint, das wäre ungesund und ich sollte es lieber sein lassen. Aber was willst du bei McDonalds schon anderes essen?«

»Pommes«, rutschte es mir raus.

»Oh, gute Idee«, sagte Frankie und legte auf.

Ich hielt den Hörer in der Hand und sah Mutter an.

»Er hat aufgelegt«, sagte ich.

Mutter nahm mir den Hörer ab und lauschte kurz.

»Delia, was hat er gesagt?«, wollte sie wissen.

»Er sagt, er ist in Köln.«

»WAS?«

Wäre Mutter jetzt ohnmächtig geworden, wäre ich nicht überrascht gewesen. Mutter aber lehnte sich erschöpft gegen die Wand und wurde nur ein wenig kreidebleich.

»Wie kommt Frankie nach Köln?«, fragte sie leise.

Später erfuhren wir, wie einfach Frankie von Berlin nach Köln gekommen war. Er hatte sich am Bahnhof Zoo in den ersten ICE gesetzt, der Richtung Köln fuhr. Im ICE ist er ein bisschen durch den Zug gelaufen, dann kam ein Schaffner, und Frankie sagte zu ihm: »Meine Mama sitzt ganz hinten mit einem Kinderwagen.«

»Verlauf dich nicht«, sagte der Schaffner und wuschelte Frankie durchs Haar.

Danach setzte sich Frankie ins Bordrestaurant, weil er Durst hatte. Eine Kellnerin kam und Frankie bestellte sich eine kleine Cola.

»Und eine große Cola für meine Mama«, sagte er. »Sie kommt gleich.«

So saß Frankie im Bordrestaurant und trank erst die kleine, dann die große Cola. Als er keinen Durst mehr hatte, stand er wieder auf und spazierte durch den Zug. Niemand hielt ihn auf. Er grüßte den Schaffner noch mal und fand einen Fensterplatz. Bis Köln hat er dann einfach nur aus dem Fenster geschaut.

Mutter versuchte, Vater anzurufen. Seit drei Monaten leben unsere Eltern nicht mehr zusammen. Vater hatte sich in eine andere Frau verliebt und Mutter hatte ihn deswegen rausgeschmissen. Für einige Wochen lebte Vater in einem Hotelzimmer, dann nahm er einen neuen Job an und zog bei uns aus.

Mutter erreichte ihn auf dem Handy.

»Dein Sohn ist auf dem Weg zu dir«, sagte sie.

Vater hatte einen neuen Job in Köln gefunden und war dort recht glücklich. Als er aber die Stimme unserer Mutter hörte, war es vorbei mit dem Glück.

»Quatsch«, sagte er.

»Ich weiß nicht, wie Frankie das gemacht hat«, sagte Mutter. »Aber wenn du ihn entführt oder ihm erzählt hast, er soll dich besuchen kommen, dann schleppe ich dich vor Gericht.«

»Moment mal«, sagte Vater. »Wer hat hier wen entführt?«

Genau da brach Mutter in Tränen aus. Sie rief nach mir und sagte, sie könnte nicht mehr telefonieren. Ich nahm ihr den Hörer ab.

»Papa?«

»Delia, was ist bei euch los?«

Ich erzählte ihm, dass Frankie verschwunden war und irgendwie nach Köln gereist sein musste.

»Ich glaube, er ist beim McDonalds am Hauptbahnhof, kannst du ihn abholen?«

Vater sagte nichts, es knisterte in der Leitung. Wir hatten ihn vor einem Monat in Köln besucht. Er hatte uns vom Haupt-

bahnhof abgeholt und so lange umarmt, dass es schon peinlich wurde. Vater wusste, welches McDonalds ich meinte. Wir hatten dort Milchshakes getrunken.

»Papa?«

»Ich bin nicht in Köln«, sagte Vater leise.

»Was?«

»Ich bin nicht –«

»Papa, wo bist du?«

»Ich bin in Venedig«, sagte er.

Ich wusste, ich sollte das nicht Mutter erzählen. Wenn sie hörte, dass Vater nach Venedig gereist war, dann würde sie nicht nur ohnmächtig werden, sondern ihr würde das Herz stehen bleiben. Mutter würde sofort begreifen, dass eigentlich niemand mal so eben allein nach Venedig fährt. Vater war dort mit einer anderen Frau. Das war wohl klar. Dabei war Venedig immer die Stadt unserer Eltern gewesen. Alles hatte sich zwischen ihnen verändert. Mutter schlief allein, während Vater mit seiner Geliebten nach Italien reiste.

Und das alles musste ich Mutter erzählen, ob ich wollte oder nicht.

»Ich hasse ihn«, sagte Mutter danach und schlug auf den Tisch.

Ich war erleichtert. Ihr Herz blieb nicht stehen, sie war nur wütend.

»Wie kann er nur?«, fragte sie mich, und ihre Augen waren ein wenig wie kaputte Scheinwerfer. »Hast du eine Idee, wie er das nur machen kann?«

Ich weiß nicht, wie sie mich das fragen konnte. Ich war

dreizehn Jahre alt, ich war noch nie richtig verliebt gewesen und hatte bisher nur einen Jungen geküsst. Und auch das nur, weil ich beim Flaschendrehen verloren hatte.

»Was machen wir mit Frankie?«, fragte ich. »Wollen wir das Bahnhofspersonal anrufen? Vielleicht könnten sie –«

Das Telefon klingelte. Mutter griff sich ans Herz. Ich wollte schon den Hörer abheben, aber Mutter war schneller. Sie sagte, ihr würde es jetzt reichen. Ich drückte mein Ohr an ihren Kopf, um mitzuhören. Im Hintergrund rauschten Züge. Frankie war eindeutig noch immer auf dem Bahnhof.

»Frankie, Schatz, bist du das?«

»Hallo, Mama.«

»Frankie, Engelchen, was machst du nur?«

»Ich hab die Adresse vergessen«, sagte Frankie. »Ich wollte Papa besuchen, aber ich hab die Adresse vergessen.«

Mutter schluckte ein paar Tränen herunter. Ich konnte es hören. Ihre Stimme klang danach ganz brüchig, als sie sagte: »Frankie, Papa ist nicht in Köln, er ist nach Venedig gereist.«

Frankie antwortete nicht.

»Es tut mir Leid, mein Engelchen«, sagte sie. »Sei jetzt nicht traurig.«

»Was macht denn Papa in Venedig?«, fragte Frankie, als hätte er einen Frosch im Klo entdeckt und mich gefragt: *Was macht denn der Frosch im Klo?*

»Urlaub«, sagte Mutter.

»Oh«, sagte Frankie und legte wieder auf.

Danach drehte Mutter auf. Sie nervte die Deutsche Bahn. Sie nervte die Polizei, das Rote Kreuz und auch bei McDonalds rief sie an. Sie mailte allen zusammen Fotos von Frankie. Und alle versprachen, nach meinem kleinen Bruder Ausschau zu halten und sich sofort bei uns zu melden, wenn sie ihn fanden.

Dennoch war Mutter kurz davor, mit dem Auto nach Köln zu fahren. Sie packte gegen Mitternacht ihre Tasche und fragte mich vierzigmal, ob ich alleine bleiben konnte. Ich antwortete ihr vierzigmal, dass das kein Problem für mich sei. Dann setzte sich Mutter auf das Sofa, um zur Beruhigung einen Kamillentee zu trinken. Und genau dort schlief sie ein. Die linke Hand lag auf dem Telefonhörer und ihre rechte wie ein müder Schmetterling über ihren Augen.

Ich stellte den Kamillentee leise auf den Tisch und ließ sie schlafen. Erst wollte ich noch lesen, aber dann war ich doch viel zu müde und ging ins Bett. Ich machte mir wahrscheinlich als Einzige keine Sorgen um Frankie. Niemand sollte sich mit ihm anlegen. Er war mein kleiner Bruder. Frankie war härter als Schuhleder und klüger als jeder Baum. Das hatte Opa Jassel gesagt. Und Opa Jassel musste es wissen, denn er selbst war ein ganz schön zäher Hund. Das hatte wiederum Papa gesagt, und der musste es wissen, denn Opa Jassel war sein Vater.

Das Telefon weckte Mutter und mich um kurz nach halb sieben. Ich kam müde die Treppe runter, um mitzuhören.

»Frankie?«, fragte Mutter verschlafen.

»Fütterst du meinen Hamster?«, sagte Frankie.

»Natürlich. Sicher, Frankie, mein Liebling, wo bist du?«

Frankie schwieg kurz, dann hörten wir Stimmengemurmel im Hintergrund, und dann sagte Frankie:

»Wörgl.«

»Was?«

»Wörgl.«

»Frankie, geht es dir nicht gut?«

»Ich frühstücke lecker«, sagte Frankie über die rauschende Leitung, und wir konnten hören, wie er in ein Brötchen biss.

»Frühstückt ihr auch schon?«, fragte er mit vollem Mund.

Bevor Mutter antworten konnte, knackte und knisterte es, und die Leitung war unterbrochen.

Mutter sah mich an.

»Hast du das auch gehört?«

»Wörgl«, sagte ich.

»Ja, Wörgl.«

Das klang ein wenig, als ob er kotzen müsste.

Mutter rieb sich den Schlaf aus den Augen und holte einen Atlas. Wie gesagt, Frankie war alles zuzutrauen. Wir suchten ganze vier Minuten, dann hatten wir Wörgl gefunden. Wörgl war eine Stadt und sie lag hinter Kufstein.

»Kufstein?«, sagte ich.

Mutter ging ins Internet. Und so fanden wir heraus, dass sich Frankie auf dem Weg nach Venedig befand.

Später erfuhren wir, dass Frankie den UEx genommen hatte. Der UEx heißt in Wirklichkeit *UrlaubsExpress* und fährt abends um 20 Uhr 39 von Köln aus. Im UEx hatte

Frankie dem Schlafwagenbetreuer erzählt, unser Vater würde so sehr schnarchen, dass Frankie wegrennen musste. Vater schnarchte wirklich schlimm, und wann immer wir auf dem Campingplatz waren, bauten Frankie und ich unser Zelt immer zwanzig Meter weiter weg auf.

Als der Schlafwagenbetreuer diese Geschichte hörte, bot er Frankie sofort ein freies Abteil mit Bett an und brachte ihm noch ein Sandwich. Wenn Frankie lügt, will jeder darauf hereinfallen, denn Frankie lügt so gut, dass es eine Schande ist, nicht darauf hereinzufallen.

Frankie erwachte gegen sechs Uhr früh und ließ sich ein Frühstück bringen. Er rief uns über das Handy des Kellners an, damit wir uns um seinen Hamster kümmerten. Als der Schaffner und die zwei Schlafwagenbetreuer Pause machten, spielten sie mit Frankie ein paar Runden Mau-Mau. Nach sechzehn Stunden Fahrt stieg Frankie am Mittag in Venedig aus dem Zug.

Der Rest der Geschichte ist schnell erzählt.

Über das Internet erfuhren wir, dass es nur einen Zug gab, der aus Deutschland kam und kurz nach halb sieben in Wörgl hielt. Wir zählten eins und eins zusammen. Frankie war auf dem Weg zu Vater. Und der Zug fuhr kurz vor eins in Venedig ein.

Vater stand am Bahnhof bereit.

Frankie verließ den Zug wie ein welterfahrener Reisender und nicht wie ein fünfjähriger Junge, der keinen Cent in der Tasche hatte. Der Schaffner winkte ihm, Frankie winkte zurück und spazierte über den Bahnhof. Er sah Vater am Ende des Gleises stehen und rannte auf ihn zu. Und auch wenn Vater wütend sein wollte, konnte er es nicht. Frankie sah einfach so zufrieden und glücklich aus, dass man nicht glauben konnte, dass er etwas Falsches getan hatte. Frankie hatte sich vorgenommen, unseren Vater zu sehen, mehr war da nicht.

Um vier war Frankie wieder zu Hause. Vater hatte sich mit ihm in den nächsten Flieger gesetzt. Mutter und ich holten sie vom Flughafen Tegel ab.

»Danke«, sagte Mutter, als Vater mit Frankie vor ihr stand. Sie umarmte Frankie so lange, dass ich Papa fragen konnte, wie es ihm geht, was er denn so macht und wie Venedig ist. Dann war Frankie wieder frei und Mutter und Vater sahen sich an.

Später hat mir Mutter erzählt, dass Vater ganz schön durcheinander gewesen war. Ich glaube, er fand es bis zu dem Tag ganz normal, dass er mal so eben weggezogen war und sein Leben verändert hatte. Es war aber nicht normal. Es sollte nie etwas Normales werden. Besonders nicht für Frankie und mich. Frankie verzieh Vater den Umzug nicht. Ich tat so, als ob es mir egal wäre.

»Komm, wir lassen sie allein«, sagte ich zu Frankie und ging mit ihm nach draußen. Vater wollte gleich mit dem nächsten Flieger nach Venedig zurück. Mutter wollte allein mit ihm reden.

»Warum wolltest du ihn sehen?«, fragte ich Frankie.

Er zuckte mit den Schultern.

»Nun mal wirklich«, sagte ich. »Warum nur?«

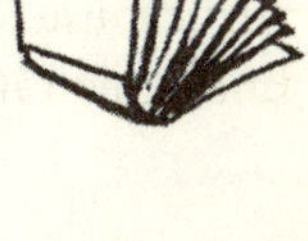

Frankie trat ein wenig gegen den

Bordstein, dann antwortete er: »Ich wollte mal Hallo sagen.«

»Frankie, du weißt doch, dass er nicht zurückkommt.«

»Na und, ich kann doch mal Hallo sagen.«

Wir schwiegen. Ich zählte die Taxis, ich zählte die Leute, die in den Bus stiegen. Frankie fragte, ob ich wissen wollte, wie er nach Köln und dann nach Venedig gekommen war. Ich sagte, dass es mich eigentlich gar nicht interessieren würde, aber er könnte ja mal erzählen. So erzählte er mir von seiner Reise und dass er einfach nur immer in den ersten Zug gestiegen war. Da er nicht lesen konnte, hatte Frankie die Leute gefragt.

»Du hättest dich auch in den vollkommen falschen Zug setzen können«, sagte ich.

»Quatsch«, sagte Frankie. »Außerdem wusste ich, dass Papa auf mich wartet.«

»Woher?«

Frankie tippte sich auf die Stirnmitte. Ich lachte. Seitdem uns Mutter von einem Zauberer vorgelesen hatte, der ein drittes Auge auf der Stirn hatte, mit dem er die Zukunft sehen konnte, erzählte Frankie immer, bei ihm wäre es genauso. Immer wenn er seine anderen zwei Augen schloss, ging sein drittes Auge auf.

»Zeig mal«, sagte ich.

Frankie hielt mir sein Gesicht entgegen und schloss die Augen.

»Und?«, fragte er.

»Sehr beeindruckend«, sagte ich. »Was siehst du denn?«

Frankie konzentrierte sich, eine kleine Falte bildete sich auf seiner Stirn.

»Dass alles gut wird«, sagte er. »Dass es Mama und Papa super geht. Dass es uns super geht. Das sehe ich.«

Er öffnete die Augen wieder.

»Deswegen bin ich zu Papa gefahren. Ich sah Papa am Bahnhof stehen, ich wusste, dass er mich abholt.«

»Nur dass er dich in Venedig abholt, das hast du nicht gewusst.«

»Man kann nicht alles wissen«, gab Frankie zu bedenken. »Oder?«

»Nein«, sagte ich. »Man kann nicht alles wissen.«

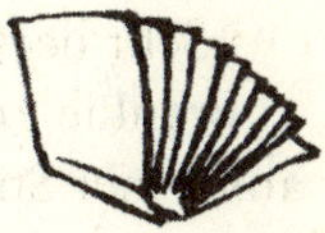

Jürgen Banscherus

Eine Buche. Oder eine Linde

Der Baum lag quer über den Schienen. Es war eine Buche. Oder eine Linde. Was auch immer – jedenfalls war der Baum auf die Gleise gestürzt. Nichts lief mehr. Die Regionalbahn aus dem Süden und die Bahn aus dem Norden, die sich an dieser Stelle achtmal am Tag begegneten, standen still. Und genau zwischen den beiden Blechraupen lag die Buche. Oder die Linde.

Martin hatte sich einen Platz gleich hinter der Lok gesucht. Wenn er sich ein bisschen aus dem Fenster lehnte, konnte er sehen, wie der Zug die Schienen schluckte, wie er von den Tunneln auf der Strecke eingesogen und wieder ausgespuckt wurde. Deshalb hatte er auch mitbekommen, wie die Diesellok gerade noch rechtzeitig vor dem umgestürzten Baum zum Stehen gekommen war. Eine Viertelstunde war seitdem vergangen.

Hinter der Glastür, die den Führerstand von den Fahrgästen trennte, telefonierte der Lokführer. Unter den Achseln seines Flanellhemds waren dunkle Schweißflecken zu sehen.

»Wegen eines umgestürzten Baums wird sich unsere Weiterfahrt leider auf unbestimmte Zeit verzögern. Über Ihre Anschlusszüge auf den Folgebahnhöfen werden wir Sie so bald wie möglich informieren«, ertönte in diesem Moment eine Frauenstimme aus dem Lautsprecher.

Martin schaute auf seine Armbanduhr. Es war abgesprochen, dass ihn sein Vater um drei vom Bahnhof am Frankfurter Flughafen abholte. Danach ging es gleich zum Flugzeug nach Südafrika. 14 Tage Safari in den Nationalparks – noch nie hatte sich Martin so sehr auf einen Urlaub gefreut. Martins Vater war ein gefragter Tierfotograf; seine Bilder erschienen in Zeitschriften rund um den Globus. Vor ein paar Jahren war er zu Hause ausgezogen und lebte seitdem bei seiner Freundin in Frankfurt.

Martin zog sein Handy heraus und tippte die Nummer seines Vaters ein. Es kam keine Verbindung zustande, offenbar befanden sie sich in einem Funkloch. Er verließ seinen Platz und durchquerte den Zug. In jedem Wagen blieb er stehen und versuchte, seinen Vater zu erreichen. Doch sein Handy fand kein Netz. Schließlich klopfte Martin an die Tür eines winzigen Dienstabteils, in dem die Schaffnerin saß, die vor einigen Minuten seine Fahrkarte kontrolliert hatte. »Entschuldigung. Es ist nämlich …«, begann er unsicher.

»Ja?«, fragte die Frau.

»Es ist nämlich, weil mein Vater auf mich wartet. Ich hab schon versucht, ihn anzurufen. Aber es geht nicht«, antwortete Martin.

»Funkloch«, sagte die Schaffnerin. »Wir müssen warten, bis sie den Baum weggeräumt haben.«

Martin schluckte. »Wie lange wird das dauern?«

»Keine Ahnung.«

»Es ist nämlich nur, weil mein Vater und ich nach Südafrika fliegen. Um fünf.«

Die Frau verzog das Gesicht. »Um fünf? Ob wir das schaffen?«

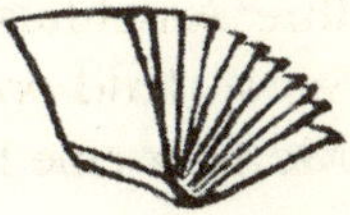

»Können Sie ihn vielleicht anrufen?«, fragte Martin.

»Tut mir Leid – Funkloch«, sagte die Frau und breitete bedauernd die Arme aus.

»Aber der Lokführer kann telefonieren! Ich hab's genau gesehen!«, rief Martin, der immer aufgeregter wurde.

»Er hat nur mit unserer Leitstelle Kontakt«, sagte die Frau. »Mit einem normalen Telefon kommt auch er nicht raus.«

Martin holte tief Luft. Was war, wenn er es nicht pünktlich zum Flughafen schaffte? Was war, wenn sein Vater nicht auf ihn warten konnte, wenn er allein nach Südafrika flog? Immerhin war der Auftrag für ihn wichtig. Er musste für eine große deutsche Zeitschrift während der Safari eine Serie von Tierbildern schießen: Giraffen, Nashörner, Zebras, Antilopen. In Kapstadt war bereits ein Fahrer zum Flughafen bestellt worden. Was war, wenn Martins schönste Ferien wegen eines blöden Baums ins Wasser fielen?

»Kann der Lokführer ...«, versuchte er es erneut.

»Ja?«, unterbrach ihn die Frau.

»Kann der Lokführer vielleicht in Frankfurt anrufen, damit sie meinem Vater Bescheid sagen?«

»Unmöglich«, antwortete sie.

»Warum?«

»Weil er das nicht darf.« Die Frau legte Martin die Hand auf den Arm. »Du musst einfach abwarten. Wie wir alle«, sagte sie.

Er gab sich noch immer nicht geschlagen. »Und wenn Sie mich aussteigen lassen? Bestimmt finde ich draußen eine Stelle, wo mein Handy funktioniert.«

Die Frau schüttelte den Kopf. »Tut mir Leid. Die Türen müssen verschlossen bleiben.«

»Wieso?«

»Vorschrift.«

Während Martin zu seinem Platz zurückging, stieg Panik in ihm auf. Sein Vater durfte nicht allein fliegen! Auf gar keinen Fall! Er musste auf ihn warten! Er musste wissen, was passiert war! Aber wie sollte er es erfahren? Verdammt, wie sollte er es erfahren?

Im ersten Wagen ließ sich Martin auf seinen Platz fallen. Auf den Schienen tat sich nichts. Gegenüber stand die Bahn aus dem Süden, durch den Baum von ihnen getrennt. Der Lokführer telefonierte immer noch. Die Landschaft links und rechts des Zugs bestand aus Feldern und kleinen Waldstücken. Nirgendwo war ein Haus zu sehen. Wir sind am Arsch der Welt, ging es Martin durch den Kopf.

Da fiel sein Blick auf das Schiebefenster über ihm. Es stand offen. Martin schaute sich um. Die wenigen Fahrgäste, die mit ihm im Wagen gesessen hatten, waren verschwunden. Wahrscheinlich waren sie zum Bistro im mittleren Wagen gegangen. Entschlossen kletterte Martin, den Kopf voran, durch die Öffnung – und ließ sich fallen. Gut zwei Meter tiefer kam er unsanft auf, kugelte die Böschung hinunter und landete mit dem Rücken an einer Pappel. Vom Zug her waren keine Rufe zu hören, es kam auch niemand hinter ihm her. Offenbar war sein Sprung unbemerkt geblieben.

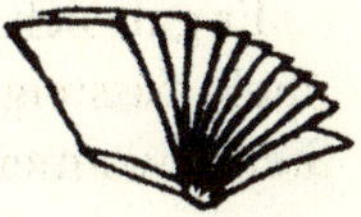

Jetzt näherten sich über eine schmale Landstraße zwei Feuerwehrwagen. Das

Blaulicht war eingeschaltet, aber die Martinshörner blieben stumm. Martin drückte sich hinter einen Baum und sah zu, wie Feuerwehrleute heraussprangen, Leitern an die Böschung legten und Kettensägen, Seile und eine Winde hinaufschleppten. Ein paar Augenblicke später tönte das Kreischen der Sägen zu ihm herüber.

Martin zog das Handy aus der Hosentasche. Wie es aussah, hatte es den Sprung nicht heil überstanden. Das Plexiglas über dem Display war kaputt, das Gehäuse verbogen. Trotzdem versuchte er, die Nummer seines Vaters zu wählen. Ohne Erfolg. Das Display blieb dunkel.

Erst in diesem Moment merkte Martin, wie stürmisch es war. Als ihn seine Mutter am Morgen zum Bahnhof gebracht hatte, hatte die Sonne geschienen, und es hatte sich kein Lüftchen gerührt. Aber hier riss der Wind an den Bäumen, über den Himmel rasten düstere Wolken, die ersten Regentropfen klatschten herunter.

Inzwischen war es, obwohl erst früher Nachmittag, so dunkel geworden, dass die Feuerwehrleute starke Lampen aufstellten, um ihren Einsatzort zu beleuchten. Sollte er die Feuerwehrmänner nach einem Handy fragen? Und wenn sie wissen wollten, was er hier tat? Wenn sie erfuhren, dass er aus dem Zug gesprungen war? Wenn schon; was blieb ihm sonst? Der Regen wurde immer stärker, ihm war kalt, sein viel zu dünnes T-Shirt würde bald völlig durchnässt sein.

Durch den strömenden Regen lief er zur Böschung hinüber und kletterte eine der beiden Leitern hinauf. Im Schein der grellen Quarzlampen links und rechts der Schienen hatten die Feuerwehrleute den Baum mittlerweile in drei Teile zersägt. Jetzt waren sie gerade dabei, die einzelnen Stücke mithilfe der Winde von den Gleisen zu ziehen.

Um bei dem Lärm auf sich aufmerksam zu machen, boxte Martin einen der Männer gegen die Schulter.

»Was willst du denn hier?«, brüllte der. »Verschwinde!«

»Es ist nämlich, weil mein Vater …«, begann Martin.

»Mach, dass du wegkommst! Aber dalli!«, brüllte der Mann. »Kinder haben auf dem Bahngelände nichts verloren!«

Bei den anderen Feuerwehrleuten erging es Martin nicht besser. Kaum wollte er seinen Spruch aufsagen, wurde er schon weggejagt. Also kletterte er die Böschung wieder hinab und stellte sich erst einmal in einem Bretterverschlag unter, der neben der Straße auf einem Feld stand. Hier tropfte es zwar durchs Dach, aber wenigstens bot der Verschlag ein bisschen Schutz.

Gerade traf noch ein PKW ein. Zwei Männer mit roten Schutzwesten über ihrer Straßenkleidung sprangen heraus, stiegen zur Bahnanlage hinauf und untersuchten die Schienen und die Stromleitungen neben den Gleisen. Martin musste niesen. Auch das noch! Er hatte nicht die geringste Lust, mit einem Schnupfen nach Kapstadt zu fliegen.

In diesem Moment hörte er ein Geräusch. Er wischte sich die Nässe aus den Augen, schaute wieder zu den Gleisen hinauf – und erschrak. Der Zug nach Norden bewegte sich! Genau wie Martins Zug! Und der nahm seinen Rucksack, seine Jacke und seine Fahrkarte mit!

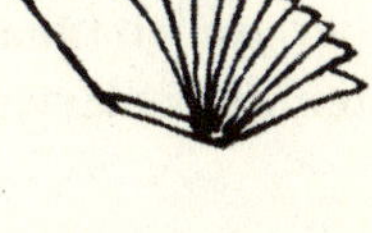

Martin sprintete über das matschige Feld, stolperte die Böschung hinauf und hastete neben dem immer schneller werdenden Zug her. Aber er hatte keine Chance. Schließlich fiel er über einen Stein, schlug lang hin und sah, wie der letzte Wagen um die nächste Kurve verschwand.

Nach und nach beruhigte sich sein Atem. Warum bloß hatte er nicht im Zug auf die Weiterfahrt gewartet? Wäre er auf seinem Platz geblieben, hätte er den nächsten Anschlusszug in Osnabrück erreicht und hätte es in Frankfurt noch locker zum Flugzeug geschafft. Außerdem wären sie irgendwann aus dem Funkloch heraus gewesen und er hätte seinem Vater in aller Ruhe Bescheid sagen können.

Aber so? Er hatte keine Ahnung, wo er sich befand. Er wusste nicht, wie weit es bis zum nächsten Ort oder zum nächsten Bahnhof war. Wenn er Pech hatte, musste er stundenlang zu Fuß laufen. Jetzt war alles aus! Es war zum Heulen!

Martin rappelte sich hoch. Hemd und Hose, die sie extra für die Ferien gekauft hatten, waren braun vom Lehm. Das Auto mit den beiden Leuten von der Bahn war schon wieder verschwunden, die Feuerwehrleute schleppten gerade das Räumgerät die Böschung hinunter. Zwei ihrer Kollegen waren dabei, den Baum in kleine Stücke zu zersägen.

»Bitte«, sagte Martin zu einem der Männer, der neben der Winde stand und rauchte. »Bitte... haben Sie ein Handy?«

Der Mann nickte.

»Darf ich es mal haben?«, fragte Martin und hörte, wie seine Stimme zitterte. »Es ist nämlich, weil... also... mein Vater wartet auf mich. In Frankfurt.«

Der Mann schaute Martin von oben bis unten an. »Du siehst vielleicht aus«, sagte er und fügte hinzu: »Hier ist ein

Funkloch. Hier kannst du nicht telefonieren.« Damit nahm er Martin wortlos am Arm und brachte ihn zu einem der Einsatzfahrzeuge. »Los, steig ein«, sagte er. »Du holst dir sonst noch den Tod.«

Im Inneren des Wagens gab er Martin ein großes Handtuch und eine Tasse heißen Tee aus einer Thermoskanne.

»Du bist aus dem Zug gesprungen, stimmt's?«, sagte der Feuerwehrmann.

Martin nickte.

»Und jetzt weißt du nicht, wie du deinem Vater Bescheid sagen sollst, dass du später kommst.«

Wieder nickte Martin. »Ich wollte ihn ja nur anrufen. Von draußen, wissen Sie«, erzählte er und schaffte es kaum, die Tränen zu stoppen, die ihm in die Augen stiegen. »Damit er auf mich wartet und nicht allein nach Südafrika fliegt. Er muss dort Fotos machen. Tierfotos. Um fünf geht das Flugzeug.«

»Um fünf – ach, du dickes Ei«, murmelte der Mann. Dann ging er ans Funkgerät. »Werner hier«, sagte er. »Wir haben einen Notfall. Ruf mal Frankfurt/Flughafen an und sag denen von der Bahn, sie sollen …« – »Wie heißt dein Vater?«, wandte er sich an Martin.

»Jan Meister.«

»… sie sollen Jan Meister ausrufen. Ja, Jan Meister. Sie sollen ihm sagen, dass sein Sohn mit Verspätung kommt. Ja. Er soll auf ihn warten. Auf jeden Fall.«

Es ging schon gegen sechs, als Martin endlich am Frankfurter Flughafen ankam. Zuerst war er zusammen mit den Feuerwehrleuten zurück zur Wache gefahren. Dort hatte der Mann, der sich Werner nannte, darauf bestanden, ihn unter eine der Gemeinschaftsduschen zu stellen. Währenddessen hatten sie seine Sachen in einen Wäschetrockner geworfen. Später hatte ihn der freundliche Feuerwehrmann in seinem Privatwagen nach Osnabrück gebracht, wo Rucksack und Jacke auf Martin warteten.

Die Bahnsteige am Frankfurter Flughafen lagen wie ausgestorben. Martin entdeckte seinen Vater neben den Tafeln mit den Fahrplänen und rannte auf ihn zu. »Ist das Flugzeug weg?«, fragte er atemlos.

Sein Vater drückte ihn an sich. Er hatte seine große Tasche mit den Kameras und Objektiven umgehängt. In der Hand hielt er den silbernen Metallkoffer, der ihn auf allen Reisen begleitete. Gemeinsam verließen sie den Bahnhof und betraten das Flughafengelände.

»Was ist mit dem Flugzeug?«, fragte Martin, als sein Vater weiterhin nicht antwortete.

Sein Vater legte ihm den Arm um die Schultern. »Willst du eine Cola? Oder sonst was?«, fragte er. Ohne Martins Antwort abzuwarten, steuerte er einen Tisch in einem der Flughafenrestaurants an.

»Also«, begann er. »Das Flugzeug nach Kapstadt ist pünktlich gestartet, musste aber notlanden.«

»Notlanden? Wo?«

»In München.«

Martin schluckte. »Ist jemand …«, begann er.

»Sie wissen noch nichts Genaues. Jedenfalls gibt es Verletzte. Gut, dass du zu spät gekommen bist. Der Baum hat uns gerettet. Der Baum und das Funkloch.«

»Sieht so aus«, murmelte Martin und fragte dann: »Wann fliegen wir nun nach Kapstadt?«

»Morgen«, antwortete sein Vater. »Gleich morgen früh. Ich habe meinen Kontaktleuten in Südafrika Bescheid gesagt, dass wir später kommen. Oder hast du jetzt Angst zu fliegen?«

Martin schüttelte den Kopf. Nach solchen Unglücken wurden die Maschinen noch sorgfältiger gewartet als sonst. Das wusste er. Es würde schon nichts passieren.

Sein Vater stand auf, griff nach seinem Koffer und hängte sich Martins Rucksack über die Schulter. »Heute Nacht bleiben wir bei mir. Komm!«

»Was war das eigentlich für ein Baum?«, fragte er, während sie durch den dichten Verkehr in die Stadt hineinfuhren.

»Eine Buche, Papa. Oder eine Linde.«

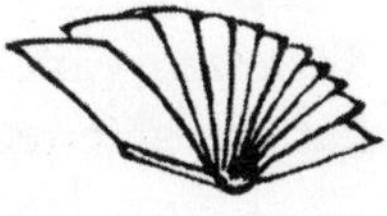

Monika Feth

Im Dschungel

Das Schiff lief ein, und die Menschen, die am Pier standen, jubelten und wedelten mit ihren Taschentüchern. Tim und Leo winkten und jubelten auch. Sie hatten ihre Rucksäcke neben sich abgestellt. Zwei Wochen Ferien lagen vor ihnen. Vierzehn Tage voller Abenteuer. Und Gefahr.

Es war nicht einfach gewesen, die Eltern zu überreden. Sie trauten Tim nicht zu, zwei Wochen in der Wildnis zu überleben. Vor allem nicht mit Leo. Der machte die verrücktesten Sachen, da wusste man nie, was ihm als Nächstes einfiel. Doch schließlich hatte zuerst Mama und dann auch Papa kapituliert.

Leo war Papas jüngster Bruder. Aber er wollte nicht, dass Tim *Onkel* zu ihm sagte. Er behauptete, dann käme er sich vor wie hundert. Mit Leo war es nie langweilig. Die ätzendste Familienfeier verwandelte sich in eine Party, wenn man das Glück hatte, neben ihm zu sitzen.

Das Schiff war riesengroß. Die Kabine eher winzig. Sie hatte kein richtiges Fenster, bloß ein Bullauge, durch das man nichts erkennen konnte, weil das Glas so schmutzig war. Aber das war egal. Tim und Leo waren sowieso die meiste Zeit auf Deck. Sie hatten sich in ihre Jacken eingemummt und trotzten dem herbstlichen Regen und dem Nebel. Kalt legte sich die Feuchtigkeit auf ihre Gesichter.

Das Abenteuer hatte begonnen. Der Hafen, in dem sie von Bord gingen, war klein, schmutzig und laut. Hier war noch Sommer. Es war so heiß, dass sogar die Katzen sich in den Schatten verkrochen hatten. Händler boten ihre Waren an, Fischer ihren Fang, Marktfrauen frisches Obst und Gemüse.

Tim und Leo verstanden die Sprache nicht, die hier gesprochen wurde. Sie verständigten sich mit ein paar Brocken Englisch und ansonsten mit Händen und Füßen. Einen halben Tag hatten sie Zeit, durch die alte Stadt mit den verwinkelten Gassen und den schiefen Häusern zu streifen, dann war es Zeit, in den Zug zu steigen.

Die Bahnstation hatte den Namen nicht verdient. Es gab eigentlich nur Schienen in die eine und in die andere Richtung. Dazwischen wuchsen Gras und Mauerpfeffer. Tim und Leo nahmen die Bahn, die Richtung Süden fuhr.

Die Waggons waren rappelvoll. Frauen balancierten Körbe voller Kartoffeln und Kohl auf den Knien. Männer hielten Käfige auf dem Schoß, in denen Kaninchen kauerten. Ein alter Mann transportierte Hühner in einer mehr schlecht als recht zusammengenagelten Kiste. Es war entsetzlich laut und es stank zum Gotterbarmen.

Die Fahrt dauerte lange. Die Hitze nahm zu. Doch dann irgendwann stiegen die ersten Fahrgäste aus und allmählich wurde es von Station zu Station leerer. Schließlich saßen nur noch Tim und Leo in ihrem Waggon. Sie waren verschwitzt und müde, aber eine Dusche oder ein Bett würde es in den nächsten zwei Wochen nicht geben.

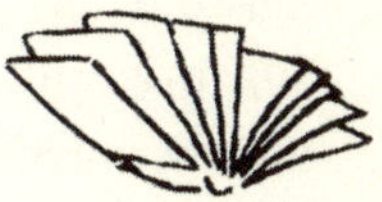

An der Endstation stiegen sie aus. Die Bahn drehte eine Schleife und setzte sich gleich wieder in Bewegung. Es kam Tim so vor, als könnte der Lokführer gar nicht schnell genug abdampfen.

Die Rucksäcke waren schwer. Unablässig brannte die Sonne vom Himmel. Tim sehnte sich nach zu Hause. Das war schon ewig nicht mehr vorgekommen. Er stellte sich vor, wie seine Eltern auf der Terrasse saßen, im kühlen Schatten der Akazie, deren Äste bis ans Haus reichten. Vielleicht hatte sein Vater gerade drei Riesenportionen seiner ganz besonderen Spezialität aus der Kühltruhe geholt: selbst gemachtes Walnusseis mit Schokostückchen.

Das Wasser lief Tim im Mund zusammen. Er vermisste die Katze, die bestimmt gerade am Teich lag und auf die Fische lauerte, die sie dann doch nicht fangen würde, weil sie zu langsam war. Er vermisste sogar Bob, diese Nervensäge von einem Quengelbruder, der ihm mit seinen knapp fünf Jahren das Leben zur Hölle machte.

Leo stapfte voraus, immer bergauf und immer weiter hinein in diesen undurchdringlich wirkenden Dschungel aus Felsen, Pflanzen und Wasser. Tim hatte sich das nicht so anstrengend vorgestellt, aber er hielt durch. Es wäre ihm nicht in den Sinn gekommen, aufzugeben, bevor Leo aufgab. Und das würde Leo wahrscheinlich niemals tun.

Ab und zu drehte Leo sich nach ihm um. Vielleicht hatte er Angst, ihn zu verlieren. Aber er verlangsamte sein Tempo nicht, im Gegenteil. Es kam Tim so vor, als würde Leo von Schritt zu Schritt schneller werden. Und der schmale Pfad steiler.

Schreie hallten durch den Wald. Schreie, wie Tim sie noch nie gehört hatte. Manche konnte er bestimmten Tieren zuordnen. Er hörte Vögel keckern und Katzen fauchen.

Aber manche Laute fuhren ihm so durch Mark und Bein, dass er sich an den Riemen seines Rucksacks festklammerte, um nicht vor Angst hinter einem der dicken Baumstämme in Deckung zu gehen.

Die Baumstämme waren wie Elefantenbeine. Und da! Hatte sich nicht einer von ihnen bewegt?

Quatsch. Ich muss mich zusammenreißen, dachte Tim. So große Elefanten gibt's ja gar nicht.

Aber wer wusste das schon? Vielleicht waren Tim und Leo die ersten Menschen, die diesen Dschungel betreten hatten? Es gab hier Pflanzen, die Tim noch nie gesehen hatte. Manche Blätter waren groß wie der Esstisch zu Hause. Wieso sollte es dann hier nicht auch riesige Elefanten geben. Mammuts. Oder Dinosaurier?

Unermüdlich bahnte Leo sich einen Weg durch das dichte Gestrüpp. Lianen hingen aus dem Grün herab. Efeuschleier. Und hin und wieder eine Schlange.

Tim war kein Angsthase. Er fürchtete sich eigentlich nur vor Mathearbeiten und vor dem scharfen Blick seiner Oma. Beides hatte ihn schon oft in Schwierigkeiten gebracht. Jetzt musste er erkennen, dass es noch etwas gab, vor dem er Angst hatte: Schlangen und Dunkelheit. Er schob jeden Gedanken daran, dass es bald Abend werden würde, beiseite.

Wie hatte er sich auf diese Ferien gefreut! Und darauf, Leo endlich einmal für sich allein zu haben. Ihn nicht mit seinem kleinen Bruder teilen zu müssen und nicht mit Mama und Papa.

Und jetzt war ihm fast zum Heulen zumute!

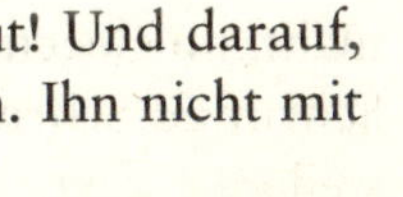

»Hunger?«, fragte Leo. Er hatte auf Tim gewartet und stand nun lächelnd neben ihm.

Tim nickte. Seit drei Stunden kämpften sie sich schon durch diese Wildnis. Die letzte Mahlzeit hatten sie vor der Bahnfahrt zu sich genommen. Tims Magen brauchte dringend Nachschub.

Sie fanden einen guten Platz, eine moosbewachsene Stelle, die von grünem Licht überflutet war. Leo packte Obst und Nüsse aus und eine Flasche Wasser.

Und wenn alles aufgegessen sein würde?

»Dann ernähren wir uns von dem, was wir finden«, sagte Leo in Tims Gedanken hinein. »Genau wie wir's abgemacht haben.«

Sie hatten lange über diese Reise gesprochen. Doch nun konnte Tim sich nicht vorstellen, wie sie das machen sollten: Nahrung finden. Was, wenn sie auf giftige Früchte stießen? Oder kein Wasser fänden? Und konnte Wasser nicht auch verseucht sein?

Leo zauberte eine Tafel Schokolade aus dem Rucksack. Vollmilchmandel. Tims Lieblingssorte. Leo dachte wirklich an alles.

Tim fragte sich, wieso die Schokolade nicht geschmolzen war. Das T-Shirt klebte ihm auf der Haut. Der Schweiß lief ihm am Hals runter. Seine Füße qualmten in den Sandalen. Aber die Schokolade war hart und kühl. Sie zerschmolz genau da, wo sie zerschmelzen sollte – auf Tims Zunge.

Keine Zeit, darüber nachzudenken. Er bekam ja sonst nicht mit, was Leo redete.

»Wenn wir auf Raubkatzen stoßen«, sagte Leo, »dann denk daran: Ruhig stehen bleiben. Bloß keine Bewegung.«

Sie hatten das schon so oft durchgekaut. Und Tim glaubte es wieder nicht. Raubkatzen, behauptete Leo, könnten nur Dinge sehen, die sich bewegten. Wenn ein Mensch ruhig stehen bliebe, liefen sie blind an ihm vorbei.

»Und wenn sie uns wittern?«, fragte Tim.

»Dazu ist der Geruch des Dschungels viel zu stark«, sagte Leo.

Tim schnupperte. Leo hatte Recht. Der Wald hatte einen ganz eigenen Geruch. Konnte ja sein, dass der sich über Tims und Leos Geruch legte und ihn zudeckte, bis die Tiere ihn nicht mehr wahrnehmen konnten. Tim wusste so wenig von diesen Dingen. Wie gut, dass Leo bei ihm war. Leo war ein lebendes Lexikon.

Nach dem Essen fühlte Tim sich einigermaßen erfrischt und gestärkt. Sie gingen weiter. Noch ein, zwei Stunden, dann würden sie sich um einen Platz für die Nacht kümmern.

Tim hatte sich schon immer für Abenteuerreisen und Überlebenstraining interessiert. Er hatte Filme darüber gesehen und Bücher darüber gelesen. Und jetzt steckte er selbst mittendrin! Er würde seine Kräfte kennen lernen. Und seine Schwächen. Nach diesen zwei Wochen würde er ein anderer sein als vorher.

Etwas schwirrte surrend an ihm vorbei. Etwas sehr Großes, sehr Dunkles. Für einen kurzen Moment hatte Tim glühende Augen gesehen und einen Schnabel, lang wie Skier.

»Eine hier häufig vorkommende Storchenart«, erklärte Leo. »Äußerlich ziemlich erschreckend, in Wirklichkeit aber

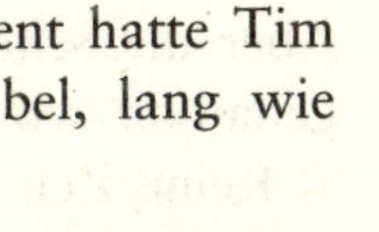

absolut harmlos. Man kann wunderbar auf ihnen reiten. Allerdings geht das nur ohne Gepäck. Also nix für uns. Wir würden unsere Rucksäcke später nicht wiederfinden.«

»Du bist schon mal auf so einem ...« Tim konnte es nicht fassen.

»Einmal?« Leo durchtrennte das Gewirr von Zweigen mit seiner Machete. Er keuchte vor Anstrengung. »Hundertmal. Sie sind so was wie die Flugzeuge des Dschungels.«

Tim war froh über das Gepäck. Er hätte keine Lust gehabt, hinter diesem Schnabel und den Glühaugen zu sitzen und durch die Gegend zu fliegen. Jedenfalls nicht im Moment. Er musste sich zuerst an alles gewöhnen.

Zum Beispiel an die Schmetterlinge, die tellergroß waren und im Dämmerlicht zu leuchten schienen.

Dämmerlicht!

Es wurde Abend!

Und es gab keine Tür, die man zumachen konnte!

»Hier ist der ideale Platz«, sagte Leo da auch schon und stellte den Rucksack ab. Er rodete mit seiner Machete einen kleinen Platz. »Geh du schon mal Brennholz sammeln«, sagte er. »Ich bau das Zelt auf.«

Tim entfernte sich zögernd. Bei jedem Schritt knackte es unter seinen Füßen. Das grüne Licht wurde schwer und dunkel. Nicht mehr lange und es würde stockfinster sein.

Es lag genug trockenes Holz herum. Tim brauchte es nur aufzulesen. Er lief ein paarmal hin und her, bis Leo fand, sie hätten genug für die Nacht. Inzwischen war das kleine Zelt aufgebaut. Auch wenn es nicht den Schutz starker Wände bot, war es doch ein Zufluchtsort. Allmählich beruhigte Tim sich wieder.

Leo schichtete das Holz geschickt auf und zündete es mit seinem Feuerzeug an. Als es richtig brannte und sie dicht nebeneinander saßen, fühlte Tim sich gut. Wilde Tiere hatten Angst vor Feuer, das wusste er. Solange sie die Flammen lebendig hielten, würden sich kein Tiger und kein Leopard hierher wagen.

»Es gibt hier Ameisen«, erzählte Leo, »die sind größer als Libellen. Ihre Hügel sind wie Häuser so hoch. Und in den Flüssen gibt es Krokodile. Wenn es drauf ankommt, können die schneller rennen als Pferde.«

Tim merkte, wie ihm die Augen schwer wurden. So viel an einem einzigen Tag, das hielt doch der stärkste Indianer nicht aus. Und da hatte er befürchtet, keine Ferienreise machen zu können, weil sie ein Haus gebaut hatten und nun sparen mussten. Jedenfalls hatte Papa das so ausgedrückt.

»An Reisen wird in den nächsten vier, fünf Jahren nicht zu denken sein«, hatte er gesagt. »Wir müssen jeden Cent umdrehen. Wir alle.«

Und dann war Leo gekommen und hatte zu Tim gesagt: »Wir zwei machen trotzdem eine Reise. Eine Reise, wie sie keiner deiner Freunde erlebt. Eine ganz und gar einzigartige Reise. Eine, die du in deinem ganzen Leben nie vergisst.«

Tim hörte Leos Stimme, aber er hatte Mühe zu verstehen, was sie sagte. Sein Körper wurde schwer und warm. Die Müdigkeit schlug über ihm zusammen und zog ihn mit sich fort, irgendwohin, wo es dunkel war und still.

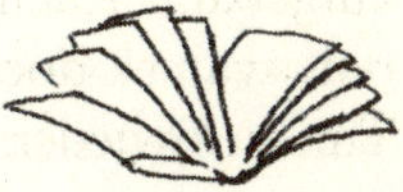

»Manche Vögel hier, das hast du ja schon gesehen, sind wie Flugsaurier. Sie sind sehr freundlich. Anders als die Wölfe. Mit denen kann man richtig Ärger kriegen.«

Wölfe? Im Dschungel? Irgendwas stimmte nicht an Leos Worten, aber Tim war einfach zu müde, um darüber nachzudenken.

Der Feuerschein zuckte über den Boden und erhellte ein kleines Stück des Dschungels. Das trockene Holz knackte. Wenn wieder ein Stück in sich zusammenfiel, stoben zischend Funken auf.

»Es gibt hier Boas und Pythons, die sind dreißig Meter lang. Aber du brauchst nur zu pfeifen, dann tanzen sie zu deiner Musik und greifen dich nicht an. Dann sind sie wie hypnotisiert.«

»Und wenn man vor Angst keine Spucke hat und nicht pfeifen kann?«

»Dann hilft Summen genauso gut.« Leo legte Tim den Arm um die Schultern und zog ihn an sich. Das war sinnvoll, weil es wärmte. Es war nämlich inzwischen lausig kalt geworden. Es war aber auch einfach wunderbar, weil es schön war, Leos Nähe zu spüren.

Tim gähnte. Er merkte auf einmal, dass es ruhig geworden war im Dschungel. Ein paar Glühwürmchen schimmerten in der Dunkelheit, ab und zu rief ein Nachtvogel, sonst war nichts zu hören. Bis auf das Feuer, das eine eigene Sprache hatte.

Und bis auf Leo natürlich, der immer noch erzählte.

»Die Flüsse hier haben blaues Wasser. Darin schwimmen Delfine. Sie sind die Wächter der Wellen. Es gelingt ihnen sogar, die Krokodile zu vertreiben. Bist du schon einmal mit einem Delfin geschwommen?«

Tim schüttelte den Kopf. Es fiel ihm schwer. Sein Kopf wog bestimmt eine Tonne.

»Dann sollten wir das morgen unbedingt tun.«

»Und die Krokodile?«

Leo drückte Tim einen Kuss auf die Schläfe. Das hatte er schon lange nicht mehr getan.

»Die haben solchen Respekt vor den Delfinen, dass sie sich nicht an sie herantrauen. Und außerdem bin ich ja auch noch da. Ich werde die Krokodile am Schwanz packen, sie durch die Luft wirbeln und dann …«

Den Rest des Satzes konnte Tim nicht mehr verstehen. Sein Kopf war an Leos Schulter gesunken, die Augen waren ihm endgültig zugefallen und er war eingeschlafen. Er merkte kaum noch, wie Leo ihn ins Zelt trug und auf die Luftmatratze legte. Er spürte kaum noch, wie Leo ihn zudeckte. Und er wunderte sich nicht darüber, wieso er weit entfernt seinen kleinen Bruder weinen hörte. Der wurde jede Nacht wach und kroch dann zu den Eltern ins Bett.

Tim merkte auch nicht, wie ein wohl bekanntes, warmes Fell seine Wange streifte und etwas sich schnurrend neben seinem Kopf zusammenrollte. Seit sie in das neue Haus gezogen waren, kam die Katze Nacht für Nacht, um seinen Schlaf zu bewachen.

All das merkte Tim nicht. Er träumte von dem neuen Haus und der neuen Schule und von dem großen Garten, der wie ein tiefer dunkler Dschungel war.

Katja Reider

Der Wahnsinnstyp oder: Während sie schläft

Verdammt, jetzt ist mein Fuß eingeschlafen! Kein Wunder! Seit über einer Stunde sitze ich hier eingepfercht und bewegungslos wie ein hypnotisiertes Kaninchen auf meinem Fensterplatz in diesem so genannten Großraumwagen. Rechts von mir ein verfetteter Anzugträger, der die Zeitung mit den großen Buchstaben liest, vor mir ein Tisch, den die Welt nicht braucht. Und gegenüber? Gegenüber … sitzt ER!

Er war mir schon von weitem aufgefallen. Vorhin, als ich mich mit Sack und Pack durch den schmalen Gang des Wagens schob. Selbst auf gute acht Meter Entfernung hatte mich sein Blick derartig verwirrt, dass ich prompt meine Platznummer vergaß. Diese blöde Nummer, die mir Papa beim Einsteigen in Hannover sogar noch mal laut hinterhergerufen hatte. Voll peinlich! So als wäre ich das erste Mal allein unterwegs. Bin doch kein Baby mehr!

Also, noch mal in die Tasche gegriffen und nach meiner Karte gewühlt! Wagen 6, Platznummer 95… Ach ja, klar… Während die Rollkoffer-Karawane in meinem Rücken mich gnadenlos vorwärts schob, scannten meine Augen die Schildchen über den Sitzplätzen ab. Ah, da: Nr. 95, Fensterplatz mit Tisch. Diesen bescheuerten Platz hätte ich mir selbst nie und nimmer reserviert! Den hatte ich natürlich Mama zu verdanken. (»Ist doch praktisch, da kannst du schön dein Brot auspacken und dein Buch ablegen.«)

Vor allem, Mama, kann ich mir den Jungen gegenüber angucken! Das heißt, ich könnte ihn angucken, wenn ich mich mal trauen würde, endlich von meinem Buch aufzuschauen. Seit über einer Stunde hocke ich hier und bin zur Salzsäule erstarrt. Das heißt, einmal hab ich was gesagt. Gleich zu Anfang, da hab ich meine Platzkarte in die Runde gehalten und »Nummer 95 – ist das hier?« gepiepst, so als könnte ich nicht lesen. Oder als müsste ich meinen Anspruch auf den Platz gegenüber von diesem Wahnsinnstyp quasi öffentlich nachweisen. Seitdem bin ich in der Versenkung meines Fensterplatzes verschwunden.

Ach ja, ich glaube, das Schlimmste habe ich noch gar nicht erwähnt. Das Schlimmste ist nämlich nicht, dass ich in Gegenwart von so einem voll süßen Jungen keinen zusammenhängenden Satz mehr rausbringe – nein, das Schlimmste ist, dass der Wahnsinnstyp nicht alleine ist! Neben ihm sitzt ein Mädchen, vielleicht ein bisschen älter als ich, seine Freundin, klar. Ihr Kopf mit den langen blonden Haaren lehnt an seiner Schulter, ihr Atem geht ganz ruhig, nicht mal ihre Wimpern flattern. Sie schläft tief und fest. Schon die ganze Zeit. Und das bei dem Lärmpegel hier!

Bestimmt sind die beiden schon eine Weile zusammen. Ich glaube, wenn man sich erst kurze Zeit kennt, döst man neben so einem tollen Typ nicht einfach ein. Dazu ist doch sicher alles viel zu aufregend und zu kribbelig!

Lena, meine ältere Schwester, hat mir jedenfalls in einem ihrer seltenen Anfälle

von Offenheit mal anvertraut, dass sie anfangs alles von ihrem Freund wissen wollte – und alles über sich selbst erzählt hat, jede kleine geheime Geschichte: Wie Papa beim Kirschkern-Weitspucken einmal fast erstickt ist, wie ihre beste Freundin vom Reitlehrer erpresst wurde, wie ihre kleine Schwester (ich!) beinahe ertrunken ist... Natürlich hat Lena nur Geschichten erzählt, in denen sie selbst gut wegkommt. (Papa auf den Rücken gehauen, dass der Kirschkern nur so rausfluppte, dem miesen Reitlehrer vor tausend Leuten die Meinung gegeigt, die Baby-Schwester tapfer den Fluten entrissen.) Alles ziemlich übertrieben übrigens.

Aber so ist das am Anfang. Sagt Lena.

Also, jedenfalls schläft man neben so einem Wahnsinnstyp nicht ein! Ich zumindest hätte auch viel zu viel Angst, dass mir der Sabber aus dem Mund läuft oder dass ich schnarche oder dass ich mit halb offenem Mund einen voll doofen Eindruck mache. All diese Ängste hat die Freundin von dem Wuschelkopf offensichtlich nicht. Braucht sie auch nicht. Sie sieht im Schlaf aus wie ein Engel. Leider. Nein, wirklich, ich kann beim besten Willen nichts Hässliches an ihr finden. Die beiden passen super zusammen.

Der Wahnsinnstyp sitzt ganz ruhig da und liest konzentriert in seinem Buch. Schade, ich kann den Titel nicht genau erkennen! Ich glaube aber, es ist irgendwas mit Außerirdischen. Jungs lesen ja oft so komische Sachen.

Oh, jetzt streicht er seine dunklen Locken nach hinten, um danach nur noch verwuschelter auszusehen. Echt, voll süß! Ich seufze. Anscheinend zu laut. Er schaut plötzlich von seinem Buch auf, genau in meine Augen. Keine Zeit mehr wegzusehen. Himmel, was hat der für Augen! Grün mit kleinen braunen Sprengseln drin. Jetzt grinst er leicht. Oh, Grübchen hat er auch… nicht auszuhalten! Echt, bei Grübchen werde ich schwach.

Könnte ich jetzt nicht irgendwas sagen? Ich meine, irgendwas Lockeres, wahnsinnig Lustiges, das ihm in null Komma nichts deutlich macht, was für eine Ausnahmeerscheinung ihm hier gegenübersitzt? – Pustekuchen. Mein Kopf ist hohl wie eine Kokosnuss. Der Moment ist vorbei. Der Junge wendet sich ab und greift wieder nach seinem Buch. Er bewegt sich dabei ganz vorsichtig, um das schlafende Mädchen an seiner Schulter nicht zu stören. Rücksichtsvoll ist er also auch noch. Unglaublich. Andere Typen würden sich ihren IPod auf die Ohren knallen und die Braut mit *Eminem* beschallen. Ob's ihr nun passt oder nicht.

Wohin die beiden wohl fahren? Bestimmt haben sie irgendwas Supertolles vor, in Köln oder Düsseldorf – und fahren nicht zu einer mittelspannenden Tante nach Bonn-Bad Godesberg wie ich.

Das Leben ist ungerecht. Wo sind wir eigentlich? Der Anzugträger ist in Bielefeld ausgestiegen und der Schaffner – nee, Zugbegleiter heißen die ja inzwischen – hat gerade den nächsten Bahnhof angekündigt. Schon quietschen die Bremsen. Ich sehe raus auf den Bahnsteig. Ah ja, das hier muss Wuppertal sein. Der zugbegleitende Schaffner pfeift. Die letzten Leute drängen zur Tür.

»Au Scheiße!« Wie von der Tarantel gestochen, schießt das blonde Mädchen von gegenüber urplötzlich von ihrem Sitz

hoch, greift ihren Rucksack und stürmt grußlos den Gang hinunter. Der Wahnsinnstyp blickt kaum von seinem Buch auf.

WAS?! Jetzt kapiere ich überhaupt nichts mehr! Wieso bleibt denn der Typ hier seelenruhig sitzen? Träumt der, oder was? – Anscheinend mache ich ein derart dämliches Gesicht, dass der Lockenkopf Mitleid mit mir bekommt. Jedenfalls sagt er plötzlich: »Ich kannte sie gar nicht.«

»Hä?«, krächze ich verständnislos.

Lieber Himmel, kann ich bitte, bitte bald einen normalen Satz sprechen?

Seltsam, jetzt wirkt der Junge auch irgendwie verunsichert. So als frage er sich plötzlich, ob mich diese Info überhaupt interessiert. »Das Mädchen!«, fügt er erklärend hinzu. »Die Blonde, die hier... äh... geschlafen hat.« Er zeigt auf seine linke Schulter, als gäbe es im Zug noch hundert andere schlafende Blondinen, die gemeint sein könnten. »Sie hat mir beim Einsteigen in Berlin nur kurz gesagt, dass sie letzte Nacht kaum geschlafen hat, und dann war sie auch schon eingepennt.«

»Ach so, klar.« Ich grinse und nicke dazu wie ein Hund mit Wackelkopf. »Ist ja verrückt...«

Okay, ganz ruhig bleiben! Das war schon fast ein ganzer Satz. Ich werde besser...

Der Junge klappt sein Buch zu – er klappt sein Buch zu!!! Er will mit mir reden!!! – und lächelt. »Ich fahre nach Bonn, und du?«

»Ich auch. Ich fahre auch nach Bonn.«

Wuppertal – Bonn, genaue Fahrzeit mit dem ICE 640 Johannes Brahms: eine Stunde, zwei Minuten.

62 Minuten, um den Wahnsinnstyp zu erobern.
62 Minuten!
Das schaffe ich!!

Wolfram Hänel

Der Junge, der unbedingt zu Fuß gehen wollte

Eines schönen Tages war es mal wieder so weit. Jakob und seine Mutter saßen gerade in der Küche. Jakobs Mutter hatte irgendein Buch mit Kochrezepten vor sich. Und Jakob einen Stapel Marmeladenbrote. Mit selbst gemachter Himbeermarmelade!

Das Fenster stand weit offen. Draußen zwitscherten die Vögel. Und die Sonne brannte heiß auf Jakobs Rücken.

Dann hörten sie die Wohnungstür: Jakobs Vater kam von der Arbeit zurück. Eine Weile rumorte er im Flur, wobei er ungeduldig vor sich hin schimpfte. Als würde er irgendetwas suchen, was er beim besten Willen nicht finden konnte. Weil irgendjemand anders es mal wieder nicht dahin gelegt hatte, wo es hingehörte. Jakobs Mutter zum Beispiel. Oder Jakob.

»Willst du einen Kaffee?«, hat Jakobs Mutter gerufen.

Jakobs Vater hat keine Antwort gegeben. Jakobs Mutter ist trotzdem aufgestanden und hat sich an der Espressokanne zu schaffen gemacht.

Und Jakob hat sich schnell noch ein bisschen mehr Himbeermarmelade auf die Brotscheibe gelöffelt, die er gerade in der Hand hielt.

Und dann kam Jakobs Vater in die Küche gestürmt und

hatte den Autoatlas unter dem Arm! Womit der Tag schlagartig gar nicht mehr schön war. Jedenfalls nicht für Jakob. Er brauchte nur den Autoatlas zu sehen und wusste Bescheid. Es war mal wieder so weit. Er war dran. Er hatte keine Chance. Es sei denn, der Gasherd würde zufällig explodieren. Oder die Decke würde ihnen auf den Kopf fallen, weil in der Wohnung über ihnen zufällig der Gasherd explodieren würde.

Was aber natürlich nicht passierte. Nur die Espressokanne sprotzte wie immer vor sich hin. Und von oben war auch nicht das kleinste Geräusch zu hören. Es zeigte sich nicht der winzigste Riss in der Decke…

Für einen Moment hat Jakob überlegt, ob er vielleicht einfach ohnmächtig vom Stuhl fallen sollte. Und dann stocksteif liegen bleiben und sich nicht mehr bewegen. Aber das hatte er schon beim letzten Mal versucht und es hatte nichts genützt. Außerdem war es auch schon zu spät.

Sein Vater hat den Autoatlas auf den Küchentisch geklatscht und freudestrahlend verkündet: »Es ist mal wieder so weit. Ich habe mir ein paar Tage freigenommen. Und ich finde, wir sollten wegfahren. Wir machen einen Ausflug an die Ostsee, was haltet ihr davon?«

»Gar nichts«, hat Jakob leise gesagt, aber sein Vater hat sowieso nicht hingehört. Sondern begeistert in dem Autoatlas geblättert, bis er die richtige Seite gefunden hatte. Wo er seinen Finger dann auf die Ostsee geheftet hat. Ganz oben, in der rechten Ecke. Und ziemlich weit weg von ihrer Stadt.

Viel zu weit weg, hat Jakob gefunden. Aber ihn hat ja mal wieder keiner gefragt.

»Das klingt richtig gut«, hat Jakobs Mutter gesagt. »Ein paar Tage Urlaub können wir alle gut gebrauchen! Und Jakob hat noch Ferien und an der Ostsee waren wir auch noch nie. Doch, das machen wir!«

Sie hat Jakobs Vater einen Kuss auf die Wange gedrückt.

»Sag ich doch«, hat Jakobs Vater gesagt. »Und alles Autobahn, da sind wir in null Komma nichts da. Ich freue mich schon richtig darauf, mal wieder ordentlich auf die Tube zu drücken!«

»Ich komme nicht mit«, hat Jakob gesagt. »Ich bleibe hier!«

»Waaas?«, hat Jakobs Vater gemacht. »Was soll das denn jetzt?«

»Ich bleibe hier«, hat Jakob wiederholt. »Oder ich gehe zu Fuß.«

»Geht das schon wieder los!«, hat Jakobs Vater gestöhnt. »Ich dachte, aus dem Alter wärst du wirklich langsam raus!«

Jakobs Mutter hat Jakob über die Haare gestreichelt und leise gesagt: »Und wenn wir Vati bitten, dass er nicht so schnell fährt? Vielleicht können wir ja auch ganz viele Pausen machen unterwegs ...«

»Kommt nicht infrage«, hat Jakobs Vater sofort gerufen. »Wenn die Bahn frei ist, wird richtig aufs Gas getreten. Der Motor braucht das von Zeit zu Zeit, sonst wird er sauer!«

»Wahrscheinlich stecken wir ja sowieso gleich im ersten Stau«, hat Jakobs Mutter tröstend gemeint. Wobei nicht so ganz klar war, ob sie damit nun Jakob überzeugen wollte oder sich selbst.

Aber Jakob hatte weder Lust, mit hundertachtzig über die Autobahn brettern zu müssen, noch im Stau zu stehen. Jakob hatte einfach die Nase voll. Für immer. Es reichte.

Diesmal würde er jedenfalls nicht mehr verzweifelt auf der Rückbank hocken – mit irgendeiner Plastiktüte in der Hand, falls ihm schlecht werden sollte. Und er würde auch nicht Stunde um Stunde in brütender Hitze darauf warten, dass es endlich mal wieder ein paar Meter weitergeht. Nein, diesmal würde er nicht nachgeben! Und fast hat er das Gefühl gehabt, dass seine Mutter das im Geheimen so ähnlich sehen würde…

Jakobs Vater hat eindeutig dasselbe Gefühl gehabt.

»Fall du mir ruhig auch noch in den Rücken«, hat er jedenfalls sauer gesagt und sich den Autoatlas geschnappt, um sich erst mal aufs Sofa zu verziehen. Wo er sich in aller Ruhe über seine Familie ärgern konnte.

»Und wenn wir wirklich zu Fuß gehen?«, hat Jakob leise gefragt. Weil er ja eigentlich schon ganz gerne an die Ostsee wollte. Nur eben nicht mit dem Auto.

»Das ist zu weit«, hat Jakobs Mutter gemeint. »Da kommen wir ja nie an! Aber wie wäre es, wenn wir beide mit der Eisenbahn fahren?«

Jakob hat den Kopf geschüttelt. Das letzte Mal, als sie mit der Eisenbahn gefahren waren, war so gut wie alles schief gegangen, was nur irgendwie hatte schief gehen können.

Erst waren ihre Plätze auch noch für eine andere Familie reserviert gewesen und Jakobs Vater hatte sich endlos mit dem Schaffner streiten müssen. Bis sich

rausstellte, dass sie in der Aufregung in den falschen Wagen gestiegen waren und die Plätze deshalb auch gar nicht ihre waren. Aber inzwischen hatte ihnen irgendjemand den Koffer geklaut. Jakobs Vater hatte gleich den Schaffner in Verdacht, was der allerdings nicht so witzig fand. Und weil Jakobs Mutter das auch nicht so witzig fand, ist sie erst mal aufs Klo gegangen. Wo dann allerdings das Schloss geklemmt hat, sodass sie nicht mehr rauskonnte. Weshalb sie dann auch nicht aussteigen konnten, als sie in der Stadt angekommen waren, in die sie wollten. Sondern noch eine Stadt weiterfahren mussten und dann wieder zurück.

Jedenfalls war die ganze Fahrt eine ziemliche Katastrophe gewesen. Und auch wenn Jakob irgendwie das Gefühl hatte, dass es ohne seinen Vater vielleicht nicht ganz so schlimm werden würde, wollte er lieber nichts riskieren. Nicht dass seine Mutter dann wieder auf dem Klo hocken würde und sie diesmal vielleicht tagelang hin und her fahren müssten!

»Wahrscheinlich hast du Recht«, hat Jakobs Mutter gemeint. »Eisenbahn ist vielleicht doch nicht so gut.«

»Wir können auch unsere Fahrräder nehmen«, hat Jakob vorgeschlagen. »Und dann vielleicht nur mal zwischendurch ein kleines Stück mit der Bahn fahren, wenn wir zu müde sind. Du musst ja nicht unbedingt aufs Klo gehen, wenn wir im Zug sind ...«

»Oder wir lassen uns von einem Bauern ein Stück mit der Pferdekutsche mitnehmen!«, hat Jakobs Mutter gerufen. »So wie früher!«

»Oder mit einem Trecker«, hat Jakob gemeint, weil er sich nicht so ganz sicher war, ob sie wirklich einen Bauern mit einer Kutsche treffen würden. »Und wenn wir keine

Lust mehr haben, verkaufen wir die Fahrräder, und von dem Geld mieten wir ein Flugzeug!«, hat er weiter überlegt. »Ich wollte immer schon mal fliegen. Und wenn wir ein Wasserflugzeug erwischen, können wir gleich auf der Ostsee landen. Direkt vorm Strand! Vati wird ganz schön blöd gucken, wenn wir da mit dem Flugzeug über die Wellen geglitscht kommen…«

Jakobs Mutter musste lachen. »Weißt du was?«, hat sie gerufen, »genau so machen wir es!«

Und als Jakobs Vater ungefähr eine Stunde später vom Sofa zurückkam, saßen Jakob und seine Mutter am Küchentisch und hatten eine lange Liste vor sich. Auf der sie alle Möglichkeiten aufgeschrieben hatten, wie sie an die Ostsee kommen könnten, ohne auch nur ein einziges Mal ein Auto benutzen zu müssen.

»Zu Fuß«, hat Jakob gerade vorgelesen, »Fahrrad, Eisenbahn, aber nur kurze Strecken und ohne aufs Klo zu gehen, Straßenbahn, um erst mal aus der Stadt rauszukommen, Pferdekutsche, Trecker, Flugzeug.«

»Was ist denn mit euch los?«, hat Jakobs Vater gefragt. »Was um alles in der Welt habt ihr vor?«

Jakobs Mutter hat ihn angelächelt. So wie nur Jakobs Mutter lächeln kann. Wenn sie sagen will: Reg dich nicht auf. Sag am besten gar nichts. Mach einfach, was ich will.

»Du fährst schön mit deinem Auto«, hat sie erklärt, »und nimmst das Gepäck mit. Und wir…«

»…treffen dich dann am Strand«, hat Jakob ergänzt und breit dabei gegrinst.

Jakobs Vater hat ihnen einen Vogel gezeigt.

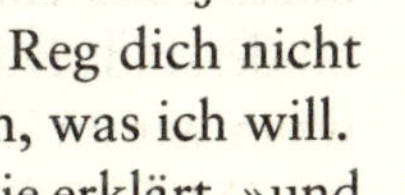

»Das ist doch Quatsch!«, hat er gesagt. »Wetten, dass ich eher da bin?«

»Natürlich!« Jakobs Mutter hat genickt. »Sonst könntest du ja nicht schon am Strand liegen, wenn wir ...«

Und dann hat sie sich schnell die Hand vor den Mund gehalten und losgekichert.

Am nächsten Morgen holen Jakob und seine Mutter in aller Frühe die Fahrräder aus der Garage. Jakobs Mutter klemmt ihren kleinen Rucksack auf den Gepäckträger. Mit einer Regenplane für jeden, zwei Äpfeln, einer Packung Kekse und einer Flasche Eistee. Mehr nicht.

»Wenn schon Abenteuer, dann richtig«, hat sie gestern Abend zu Jakob gesagt, als sie die Sachen zusammengesucht haben. Was Jakob auch gleich eingeleuchtet hat. Und so lange würden sie ja nun auch wieder nicht unterwegs sein. Höchstens zwei Tage, haben sie ausgerechnet. Also nur einmal übernachten ...

»Im Heuschober«, hat Jakobs Mutter geschwärmt, und ihre Augen haben geleuchtet, als würde sie einen Heuschober jedem Luxushotel vorziehen.

»Oder unter irgendeiner Brücke«, hat Jakob gemeint. Weil er die Sache mit dem Heuschober doch nicht so ganz überzeugend fand. Jedenfalls nicht, wenn er sich vorstellte, wie der Bauer sie dann morgens entdecken und wahrscheinlich mit der Mistgabel quer über die Felder jagen würde!

»Auch gut«, hat seine Mutter gesagt, und sie haben sich angegrinst und beide das Gleiche gedacht: Wenn schon Abenteuer, dann richtig! Und unter irgendeiner Brücke wäre zumindest die Gefahr äußerst gering, dass zufällig gerade ein Bauer mit seiner Mistgabel vorbeikäme …

Jedenfalls hat dann auch Jakob nichts weiter eingepackt als den Autoatlas. Weil er schon fand, dass es vielleicht doch ganz gut wäre, wenn sie wenigstens ab und zu mal einen Blick auf die Straßenkarte werfen könnten. Nicht dass sie sonst aus Versehen in die falsche Richtung fahren würden. An die Nordsee oder so!

Erst hatte er noch überlegt, ob er nur die Seiten rausreißen sollte, auf denen der Weg zur Ostsee drauf war. Aber wahrscheinlich wäre sein Vater dann sauer geworden, wenn er gemerkt hätte, dass die Seiten fehlen. Jetzt wird er zwar auch sauer sein, wenn gleich der ganze Atlas fehlt, aber andererseits braucht er ihn ja auch gar nicht. Nicht wirklich jedenfalls. Er braucht ja nur die richtige Autobahn zu erwischen und dann erst wieder runterzufahren, wenn »Ostsee« dransteht. Ziemlich langweilig, denkt Jakob. Nicht die Spur von Abenteuer!

Jakobs Vater steht in der Tür und zeigt ihnen zum Abschied noch mal einen Vogel.

Jakob und seine Mutter treten ordentlich in die Pedale. Sie nehmen die Abkürzung durch den Park und keine fünf Minuten später stehen sie an der Straßenbahnhaltestelle. Genau vor dem Schild, das ihnen vorher noch nie aufgefallen ist: MITNAHME VON FAHRRÄDERN ERST AB 18 UHR GESTATTET!

»So ein Quatsch«, sagt Jakobs Mutter. »So lange können wir nicht warten!«

Und sie haben Glück! Als die Straßenbahn hält, steigt der Fahrer kurz aus, um

irgendetwas an der Weiche zu kontrollieren. Jakob und seine Mutter schieben ihre Räder schnell ganz hinten in den Wagen und setzen sich hin. Und tun einfach so, als hätten sie schon die ganze Zeit da gesessen. Erst als sie an der Endhaltestelle aussteigen wollen, merkt der Fahrer, dass sie ihn reingelegt haben.

»Moment mal«, ruft er, »so geht das aber nicht! Halten Sie sofort an oder ich hole die Polizei!«

»Zu spät«, ruft Jakobs Mutter und schwingt sich lachend auf den Sattel. »Tut mir ja Leid, aber wir haben wirklich keine Zeit, wir müssen noch an die Ostsee!«

Der Fahrer klappt nur noch den Mund auf und zu. Aber da sind Jakob und seine Mutter schon um die nächste Ecke und die Straße runter bis zu dem Trampelpfad, der plötzlich nach rechts abzweigt.

»Hier lang!«, ruft Jakob und biegt ab.

»Gut«, meint seine Mutter und folgt ihm. Was allerdings gar nicht so einfach ist. Weil der Trampelpfad nämlich plötzlich endet. Einfach so. Eben war er noch da und im nächsten Moment ist er verschwunden.

Jakob und seine Mutter schieben ihre Fahrräder durch ein Gebüsch. Ein paar spitze Dornen zerkratzen ihnen Arme und Beine. Dann stehen sie vor einem Stacheldrahtzaun. Dahinter ist eine Wiese. Und dahinter die Landstraße. Oder ein Feldweg. Zumindest sehen sie einen Trecker.

»Also los«, sagt Jakobs Mutter und kriecht unter dem Stacheldraht durch. Jakob schiebt die Räder hinterher und zum Schluss sich selbst. Aber gerade, als sie mitten auf der Wiese sind, kommt eine Kuhherde von der anderen Seite auf sie zu. In vollem Galopp!

»Rette sich, wer kann!«, ruft Jakobs Mutter und rennt los.

Jakob rennt hinterher. Bis sich seine Beine anfühlen wie aus Gummi und er kaum noch Luft kriegt. Am liebsten würde er einfach sein Fahrrad fallen lassen. Aber das geht natürlich nicht. Sie brauchen ihre Räder ja noch. Um sich das Wasserflugzeug leisten zu können, mit dem sie dann direkt vor Jakobs Vater am Strand landen werden …

Sie schaffen es. Aber wirklich nur in der allerletzten Sekunde. Und auch nur weil der Bauer von seinem Trecker geklettert ist und ihnen ein Gatter aufhält.

»Puh, das war knapp«, stöhnt Jakobs Mutter. »Danke schön! Ich wusste ja gar nicht, dass Kühe so schnell sind!«

Die Kühe stehen mit gesenkten Köpfen am Zaun.

Jakob findet, dass ihre Hörner unangenehm spitz aussehen.

»Das sind Bullen und keine Kühe«, sagt der Bauer.

»Oh!«, macht Jakobs Mutter nur.

»Und was zum Teufel haben Sie auf meiner Bullenwiese verloren?«, will der Bauer jetzt wissen.

»Die Polizei ist hinter uns her«, sagt Jakob.

»Aber eigentlich wollen wir nur an die Ostsee«, erklärt Jakobs Mutter.

»Verstehe«, sagt der Bauer und nickt. »Na, dann packt mal eure Räder auf den Hänger, ich nehme euch ein Stück mit.«

Und dann klammern sich Jakob und seine Mutter auf den beiden Blechsitzen links und rechts über den Treckerreifen fest, während der Trecker gefährlich schwankend durch die Schlaglöcher rumpelt und die Fahrräder

auf dem Anhänger hin und her hüpfen, als wollten sie gleich abspringen und alleine weiterfahren.

»Da lang!« Der Bauer zeigt ihnen den Weg, als sie im Dorf angekommen sind. »Bis zu dem Wald dahinten, und dann seht ihr schon die nächsten Häuser. Fragt am besten nach Kalle. Das ist mein Bruder. Der war schon mal an der Ostsee, der sagt euch dann, wie es weitergeht.«

Jakob und seine Mutter bedanken sich und strampeln los. Erst mal bis zum Wald und dann weiter bis zu Kalle. Der aber nicht da ist. Und seine Frau hat keine Ahnung, wo es zur Ostsee geht.

»Kein Problem«, meint Jakob, »ich habe ja den Autoatlas mit!«

Aber der Autoatlas klemmt nicht mehr auf dem Gepäckträger. Er muss irgendwo unterwegs verloren gegangen sein. Wahrscheinlich als sie vor den Kühen geflüchtet sind. Die ja gar keine Kühe waren, sondern ausgewachsene Bullen mit viel zu spitzen Hörnern. Mit denen sie jetzt wahrscheinlich gerade den Autoatlas in tausend Teile zerfetzen. Was aber natürlich immer noch besser ist, als wenn sie Jakob und seine Mutter zerfetzt hätten.

Das findet auch die Frau von dem Bauern. Und weil sie gerade frischen Kirschkuchen gebacken hat, lädt sie Jakob und seine Mutter zum Kuchenessen ein. Was dann allerdings viel länger dauert, als sie gedacht haben. Weil dann auch noch Kalles Tochter kommt und Kalles Schwiegersohn. Oder umgekehrt. Kalles Sohn und die Schwiegertochter. Und deren fünf Kinder! Die Jakob erst mal den Hof zeigen müssen und den Ententeich mit dem Floß, das sie sich heimlich gebastelt haben. Wovon ihre Eltern nie irgendwas erfahren dürfen. Also die Tochter und der Schwiegersohn. Oder umgekehrt. Weshalb dann auch alle ziemlich aufgeregt sind, als Jakob von dem Floß fällt und klatschnass zum Bauernhof zurückkommt. Zum Glück ist inzwischen Kalle angekommen.

»Na, schon mal für die Ostsee geübt?«, fragt er lachend, während seine Frau ein paar trockene Sachen für Jakob zusammensucht. Eine Hose, die ihm viel zu groß ist, und einen Pullover, der ihm kaum bis über die Ellbogen reicht.

»An der Ostsee brauchst du sowieso nur eine Badehose«, sagt Kalle und lacht. Dann fängt er umständlich an, ihnen den besten Weg zu erklären. Jakob und seine Mutter kapieren kein Wort. Nur dass sie erst mal bis zu irgendeinem Kanal fahren sollen. Was sie dann auch machen. Jeder mit einer Tüte am Lenker, die ihnen Kalles Frau noch unbedingt hatte mitgeben wollen. Mit echter Wildschweinsalami und einem Brot, das noch warm vom Backofen ist.

»Nette Leute«, sagt Jakobs Mutter. »Wirklich.«

»Solche Leute lernt man jedenfalls nicht kennen, wenn man die Autobahn nimmt«, meint Jakob.

»Ganz sicher nicht«, sagt Jakobs Mutter und nickt.

Ein Stück weiter hören sie plötzlich ein Geräusch. Und dann eiert Jakobs Rad auch schon in Schlangenlinien über den Feldweg.

Jakob hat einen Platten! Und natürlich haben sie kein Flickzeug dabei. Es hilft also alles nichts, sie müssen mal wieder schieben …

»Wenigstens können wir nicht verhungern«, meint Jakob und zeigt grinsend auf die Tüten an ihren Lenkstangen.

»Aber ich fürchte, so richtig weit sind wir heute noch nicht gekommen«, sagt Jakobs Mutter und blickt zum Himmel. Die Sonne steht schon ziemlich tief.

»Egal«, meint Jakob, »am Kanal gibt es bestimmt irgendeine gute Brücke. Und dann machen wir ein Lagerfeuer und schlagen uns den Bauch mit Wildschweinsalami voll.«

Sie brauchen noch eine ganze Weile, bis sie endlich an dem Kanal sind, von dem Kalle geredet hat. Aber vielleicht ist es auch ein ganz anderer Kanal. Und es gibt auch keine Brücke. Aber dafür ein Schleusenwärterhäuschen!

Der Schleusenwärter hat gerade alle Hände voll zu tun, weil ein Schiff tief unten in der Schleusenkammer liegt. Ein Schleppkahn. Jakob beugt sich weit über das Geländer und winkt dem Schiffer zu.

Ganz langsam steigt der Kahn nach oben. Bis er auf gleicher Höhe mit Jakob ist.

Während er das Seil aufrollt, mit dem der Kahn festgemacht war, wirft der Schiffer einen Blick auf Jakobs platten Vorderreifen.

»Und natürlich kein Flickzeug dabei, was?«, fragt er.

»Stimmt«, bestätigt Jakob. »Ist blöd.«

»Vor allem weil wir eigentlich noch an die Ostsee wollten«, erklärt Jakobs Mutter.

»Aber jetzt machen wir eben erst mal ein Lagerfeuer und essen Wildschweinsalami«, erzählt Jakob.

»An die Ostsee, so.«

Der Schiffer überlegt einen Moment.

»Und Wildschweinsalami, sagst du?«

Jakob nickt.

»Gebongt«, sagt der Schiffer. »Ihr gebt mir was von

eurer Wildschweinsalami ab und ich nehme euch mit. Die Richtung stimmt so ungefähr. Ich fahre die ganze Nacht durch, aber ihr könnt es euch da vorne auf dem Deck bequem machen und in die Sterne gucken, wenn ihr wollt. Nur das mit dem Lagerfeuer, das müsst ihr euch abschminken!«

Jakob guckt zu seiner Mutter.

Seine Mutter nickt.

»Gebongt«, sagt Jakob und springt an Deck.

Der Schiffer hilft ihnen mit den Fahrrädern. Der Schleusenwärter hebt die Hand zum Abschied. Fünf Minuten später tuckern sie aus der Schleuse.

Der Schiffer bringt zwei alte Liegestühle angeschleppt. Und ein paar Decken.

Das Handy in der Tasche von Jakobs Mutter klingelt.

Jakobs Vater ist dran. Er brüllt so laut, dass Jakob jedes Wort verstehen kann. »Ich bin da!«, brüllt Jakobs Vater. »Zwei Stunden, siebenunddreißig Minuten, das ist neuer Rekord! – Und ihr, was ist mit euch?«, will er dann wissen. »Wo seid ihr?«

»Noch nicht da«, sagt Jakobs Mutter. »Und es kann auch noch ein bisschen dauern. Aber es geht uns gut, falls du das wissen wolltest...«

»Selber schuld!«, brüllt Jakobs Vater wieder. »Ich habe doch gleich gesagt, dass das Quatsch ist, was ihr da vorhabt!«

Jakob tippt seiner Mutter auf die Schulter.

»Guck mal da!«, flüstert er.

Quer vor ihnen über den Wiesen

schwebt ein Heißluftballon. Als würde er direkt in den Sonnenuntergang hineinfliegen.

»Schön«, sagt Jakobs Mutter.

Der Schiffer nickt ihnen von der Reling aus zu. Er muss mitgekriegt haben, dass sie über den Ballon reden.

»Je näher wir an die Ostsee kommen, umso mehr von den Dingern gibt es«, sagt er. »Die machen sogar Rundflüge damit, an der Küste entlang, von einem Badeort zum anderen ...«

»Denkst du dasselbe wie ich?«, fragt Jakobs Mutter und blickt Jakob genau ins Gesicht.

Jakob grinst.

»Bist du noch da?«, ruft Jakobs Mutter in ihr Handy.

»Natürlich, wo sollte ich sonst sein?! Ich warte ja auf euch. Ich habe ja gleich gesagt, dass es ...«

»Dann warte mal schön weiter«, unterbricht ihn Jakobs Mutter. »Und wenn du morgen am Strand liegst, guck immer mal nach oben. Aber es kann auch sein, dass du bis übermorgen warten musst!«

»Was? Ich verstehe nicht! Wovon redest du?«

Aber da hat Jakobs Mutter schon das Handy ausgeschaltet und sagt zu Jakob: »War da nicht noch irgendwas mit der Wildschweinsalami, die wir zufällig dabeihaben ...?«

Und Jakob grinst schon wieder.

Genau wie der Schiffer, der sich schon mal die Hände an seiner Hose sauber wischt.

Dagmar Geisler

Der Höllenhund, das Monsterkind und ich

Ich sitze im Zug und fahre zu Tante Isabel. Allein. Ich wollte das eigentlich nicht. Viel lieber wäre ich mit Papa, Mama und Paulchen im Auto gefahren. Aber Paulchen musste natürlich pünktlich zur Abreise die Grippe kriegen und Papa anstecken.

»Dann fährst du eben allein, Magdalena!«, hat Mama gesagt. »Tante Isabel hat sich schon so auf dich gefreut.«

Ich hab ein bisschen gemault. Aber Papa hat gekrächzt: »Mach das mal! Reisen verändert die Sichtweise!« Dann hat er sich die Nase geputzt und zweimal kräftig gehustet und damit war die Sache entschieden. Na ja, nicht ganz! Aber jedes Mal wenn ich doch noch was dagegen sagen wollte, hat entweder Papa oder Paulchen einen Husten-, Nies- und Schnäuzanfall gekriegt. Und dann hab ich es aufgegeben.

Jetzt sitze ich hier im ICE in einem dieser riesigen Sitze. Großraumwagen, Fensterplatz. Vor mir sitzt ein Mann im Anzug. Sein Rasierwasserduft kitzelt mich in der Nase. Ich muss niesen. Draußen auf dem Bahnsteig rennen die Leute hin und her. Ein Mann mit grauem Schnauzbart küsst eine Frau mit rot gefärbten Locken. Eine Blonde auf

Stöckelschuhen zieht rennend einen pinkfarbenen Rollkoffer hinter sich her. Der Schaffner schwatzt mit einem Kollegen. Wann fährt der Zug eigentlich ab? Ich bin viel zu früh eingestiegen, glaube ich.

Langsam füllt sich der Wagen. Jetzt sind nur noch der Sitz neben mir und der Viererplatz mit dem Tisch hinter mir frei. Drei Frauen kommen, mit Taschen beladen, den Gang entlanggehastet. Die mittlere kenne ich. Es ist Frau Saworski. Sie wohnt bei uns im Nachbarhaus.

Komisch eigentlich! Sie wohnt jetzt schon ein Jahr nebenan und ich weiß fast nichts über sie. Bei Frau Saworski hat man immer den Eindruck, sie ist gar nicht richtig da. Am Anfang habe ich ein paarmal versucht, sie zu grüßen, wenn ich sie auf der Straße gesehen habe. Aber es war immer so, als ob sie gar nichts hört, und ihre Augen waren meistens auf einen Punkt irgendwo in der Ferne gerichtet. Keine Ahnung, ob sie einen überhaupt sieht. Wahrscheinlich ist sie Dichterin und deshalb immer mit ihren Gedanken woanders oder sie ist eine Opernsängerin mit dem Kopf voller Arien.

Auch jetzt sieht Frau Saworski mich nicht, als sie mit ihren Freundinnen an meinem Sitz vorbeigeht. Die drei setzen sich auf die freien Plätze hinter mir. Ausgerechnet! Witziger Zufall! Ob ich aufstehen und »Hallo« sagen soll?

Aber ich lasse es. Wahrscheinlich erkennt mich Frau Saworski nicht mal. Schade! Ich glaube, sie ist eigentlich ganz nett. Sie hat so eine lustige Frisur. Ganz kurz geschnitten und irgendwie möhrenfarben. Und außerdem hat sie eine süße kleine Katze. Lydia! Lydia hat braune, schwarze und weiße Flecken. Manchmal kommt sie in unseren Garten und spielt mit Paulchen. Am Anfang habe ich ihr ab und zu Milch in einem Schälchen gegeben, aber Mama hat gesagt, dass kleine Katzen keine frische Milch vertragen und dass die Katzenbesitzer es meistens nicht mögen, wenn ihr Liebling woanders gefüttert wird. Da hab ich es gelassen.

Der Zug ruckt an und in dem Moment kommt noch eine Frau den Gang herauf. Ich rutsche in meinem Sitz tief nach unten. Die Frau, die da beinahe über die eleganten Schuhe des Rasierwasserdufters stolpert, ist Frau Schmidt. Frau Schmidt wohnt auch in unserer Straße und ich kann sie nicht leiden. Absolut nicht! Sie guckt immer so finster, als wolle sie einen fressen. Paulchen hat sogar Angst vor ihr. Und ich ehrlich gesagt auch.

Vor Frau Schmidts Haus stehen hohe, dunkle Bäume. Tannen oder so was Ähnliches. Wenn man am Zaun entlanggeht, bellt immer ein großer schwarzer Hund. Er springt am Zaun hoch, fletscht die Zähne und guckt einen mit blutunterlaufenen Augen an. Meine Freundin Bea denkt, dass Frau Schmidt in ihrem Keller Schlangen, Krokodile oder wenigstens schleimige Kröten hält. Ob sie Recht hat? Keine Ahnung! Aber das Haus sieht genauso aus.

Einmal, als wir mitgekriegt haben, dass Frau Schmidt mit ihrem Höllenhund zum Tierarzt gefahren ist, haben wir uns durch den Garten angeschlichen. Bea wollte unbedingt ins Kellerfenster gucken, um die Krokodile zu sehen. Wir sind über den Zaun geklettert. Das war schwierig, weil der Zaun oben rostige Eisenspitzen hat. Bea hat sich die Hose aufgerissen. Dann sind wir hinten durch

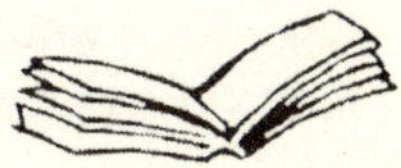

den Garten gerobbt. Es hat modrig gerochen. Unter den Bäumen sind seltsame Pilze gewachsen und die Steinplatten ums Haus waren grün und glitschig.

»Bestimmt ist sie eine Hexe!«, hat Bea geflüstert.

»Eine Hexe, die Frau Schmidt heißt?«, habe ich gefragt. Bea hat vielsagend genickt.

»Wahrscheinlich ein Tarnname«, habe ich leise geraunt. »In wirklich heißt sie garantiert Grusnelda, Blutnilde oder so ähnlich.«

Hinter dem Haus haben wir einen Teich entdeckt. Darin schwamm ein dicker Fisch. Mit riesigen Glubschaugen hat er uns angestarrt. Am Teichrand sind Pflanzen gewachsen, die ich noch nie in meinem Leben gesehen habe. Auf jeden Fall sahen sie giftig aus. Zwischen den Gräsern guckte ein moosbewachsener steinerner Zwerg hervor. Er hat sich bewegt! Da bin ich mir ziemlich sicher. Vor Angst habe ich mir fast in die Hose gemacht. Am liebsten wäre ich schnell wieder abgehauen, aber Bea wollte unbedingt noch durchs Kellerfenster gucken.

»Nun komm schon!«, hat sie gesagt. »So eine Gelegenheit kriegen wir nie wieder.«

Ich habe genau gehört, dass ihre Stimme gezittert hat. Aber sie hat sich bäuchlings auf die Gehwegplatten gelegt und die Nase am Kellerfenster platt gedrückt. Ich habe mich hinter sie gehockt und gehofft, dass sie bald was sieht, damit wir wieder gehen können. Die Blätter haben im Wind geraschelt, vom Teich her hat es gegluckst, ein Fensterladen hat sich knarrend hin und her bewegt und mir ist eine Gänsehaut über den Rücken gekrochen.

»Bea!«, hab ich geflüstert. »Lass uns gehen…«

Und genau in dem Moment haben wir Frau Schmidts Auto über den Kies in der Einfahrt fahren hören. Bea ist aufgesprungen. Wir sind zusammengerumpelt, hingefallen, haben uns wieder aufgerappelt und sind mit riesigen Sprüngen zum Zaun gehetzt. Der schwarze Hund hat gekläfft. Ich habe mir die Haut an den Eisenspitzen aufgeritzt. (Die Narbe sieht man heute noch.) Aber wir haben es geschafft. Bevor der Höllenhund uns schnappen konnte, sind wir auf und davon gewesen.

Als wir wieder in unserem Garten waren, habe ich Bea gefragt, ob sie die Krokodile gesehen hat. Sie hat den Kopf geschüttelt. Ihr Atem ging keuchend. »Gesehen habe ich keine«, hat sie gesagt und nach Luft geschnappt, »aber es hat genauso gerochen.«

Seitdem machen wir immer einen Bogen um das Haus von Frau Schmidt. Und wenn es dunkel wird, gehen wir sogar lieber den großen Umweg durch die Schlehenstraße.

Frau Schmidt hat sich zu den drei Frauen hinter mir gesetzt. Wenn ich zwischen den Lehnen der Sitze hindurchspähe, kann ich sie sehen. Sie guckt genauso unfreundlich wie immer. Ob ich mir einen anderen Platz suchen soll? Darf man das? Mama hat ja genau diesen Platz für mich reservieren lassen.

Draußen ruckelt der Bahnsteig an uns vorbei. Immer schneller wird die Fahrt. Wir fahren an großen dunklen Gebäuden vorbei, an einer verlassenen Fabrik mit eingeworfenen Fensterscheiben und vielen Lagerschuppen. Dann werden die Häuser kleiner. Es sind Wohn-

häuser mit hohen Bäumen davor. Am Rand der Stadt fahren wir noch durch eine Schrebergartensiedlung, dann fängt das offene Feld an.

Ich probiere die Knöpfe in der Armlehne von meinem Sitz aus. Mit einem lässt sich der Sessel verstellen. Die Rückenlehne geht vor und zurück. Aber aus den Augenwinkeln sehe ich Frau Schmidts finstere Miene. Da lasse ich die Spielerei lieber. Ich will auf keinen Fall, dass sie mich bemerkt.

Der Schaffner kommt und kontrolliert meine Fahrkarte. Ich hole mein Buch aus dem Rucksack und versuche, mich in eine Abenteuergeschichte zu vertiefen. Der Zug rollt jetzt durch einen dunklen Wald.

Die vier Frauen hinter mir packen jede Menge Proviant aus. Dem Geraschel nach zu urteilen, müsste der ganze Tisch voll stehen. Ich lese noch ein paar Zeilen, dann gucke ich aus dem Fenster. Die Frauen unterhalten sich so laut, dass ihre Worte nicht zu überhören sind. Sie reden über Mode, über Filmstars, über eine neue Diät, mit der man garantiert abnimmt, und dann kommen sie auf die Jugend von heute zu sprechen. Alle reden durcheinander. Nur Frau Schmidt hat noch gar nichts gesagt. Zum Glück!

Die Frau neben ihr, die mit den braunen Locken, sagt: »Ganz so schlimm sind die Kinder von heute vielleicht doch nicht!«

Und da fängt Frau Saworski an zu erzählen. »Ha!«, ruft sie. »Ich kann euch Sachen erzählen!«

Sie ist so aufgeregt, dass sie die Stimmen der anderen übertönt. Die haben keine Chance mehr, dazwischenzuquasseln, und hören Frau Saworski zu. Die erzählt von einem grässlichen Kind, das sie kennt. Ihre Stimme ist ein kleines bisschen schrill. Opernsängerin ist sie wohl doch nicht.

Dieses Kind muss wirklich schlimm sein. Frau Saworski kann froh sein, dass sie jetzt in unserer Straße wohnt. Das Kind hat Frau Saworski noch nie gegrüßt. Nie! Und es ist furchtbar laut. Wegen diesem Kind konnte Frau Saworski ihren wirklich wichtigen Mittagschlaf nicht mehr machen. Denn jedes Mal wenn sie sich gerade hingelegt hat, fing dieses Kind mit kreischender Stimme an zu lachen. Frau Saworski macht den Ton nach. Es hört sich wirklich scheußlich an. Ich halte mir die Ohren zu.

Das Kind hat es ganz und gar auf Frau Saworskis Gesundheit abgesehen. Ständig schmeißt es irgendwas vor ihre Tür oder genau dahin, wo Frau Saworski sonst noch langgeht. Kaum tritt Frau Saworski nach draußen, schon liegt da ein Kinderfahrrad oder sonst etwas Sperriges im Weg. Schon mehr als einmal hat sie sich fast den Fuß gebrochen. Und das, wo doch Frau Saworskis Knochen eh so zart sind, dass sie beim geringsten Stolpern beschädigt werden.

Das stimmt! Frau Saworskis Beine sind wirklich sehr dünn. Und auch ihre Schuhe mit den langen Stöckeln sehen immer ganz zerbrechlich aus. Nicht so wie bei Frau Schmidt, die mit ihren dicken Beinen eher elefantenartig durch die Gegend stampft. Durch die Lücke zwischen den Armlehnen schiele ich zu ihr rüber. Frau Schmidt guckt böse unter ihren dunklen Augenbrauen hervor. Dieses Kind kann echt froh sein, dass Grusnelda – oder wie sie sonst heißen mag – Schmidt es noch nicht in die Finger gekriegt hat.

Frau Saworski erzählt weiter, dass das Kind es natürlich auch auf ihre Katze abgesehen hat. Es tut alles, um Frau Saworski die kleine Lydia wegzunehmen. Die Katze wird mit den ausgefallensten Leckereien gefüttert, um sie von der Wohnung seiner Besitzerin wegzulocken. Tierquälerei sei das.

Die anderen Damen murmeln zustimmend. Und die mit den braunen Locken sagt in jammerndem Ton: »Das arme Tier!« Dann erzählt sie hastig, damit sie auch mal zu Wort kommt, von anderen Tierquälereien, von denen sie gehört hat.

Ich nehme mir vor, von jetzt an besonders gut auf die süße Lydia aufzupassen. Nicht auszudenken, was passiert, wenn dieses Monsterkind die kleine Katze eines Tages erwischt und entführt.

Frau Saworski hört den Tierquälergeschichten ihrer Freundin eine kurze Weile zu, bis sie sich selbst wieder Gehör verschafft. Offensichtlich ist sie mit ihrer Erzählung noch lange nicht fertig. Sie holt tief Luft und erzählt, dass das Kind noch nicht mal vor Einbruch zurückschreckt. Sie hat es genau gesehen. Ganz zufällig ist sie eines Tages früher von der Arbeit zurückgekommen und hat beobachtet, wie das Kind am helllichten Tag mit seinen Komplizen bei ihrer Freundin Eleonore eingebrochen ist.

»Nein!«, quietschen ihre zwei Freundinnen wie aus einem Mund. Frau Schmidt sagt immer noch nichts.

»Doch!«, ruft Frau Saworski. »Wenn ich es euch sage. Und jetzt stellt euch vor, dass ich an dem Tag nur ganz zufällig da vorbeigekommen bin. Man kann also davon ausgehen, dass es mit Sicherheit nicht das einzige Mal war.«

Frau Saworski macht eine kleine Pause und ruft dann noch mal mit etwas schrillerer Stimme als vorher: »Mit Sicherheit nicht!«

Dann reden alle (bis auf Frau Schmidt) durcheinander. Von kriminellen Jugendlichen und dass man noch nicht mal im eigenen Haus sicher ist. Ob denn da die Polizei nicht mal was unternehmen könne und dass man sich ja nicht mehr vor die Tür trauen könne.

Mir wird ganz mulmig von so viel Gerede über Kriminelle und Verbrecher. Ich wünschte, Mama und Papa wären da oder wenigstens Paulchen.

Jetzt reden sie von der Zeit, als sie selbst noch Kinder waren und als alles noch gaaanz anders gewesen ist.

»Das liegt doch bloß an den laschen Erziehungsmethoden heutzutage!«, sagt die Frau, die gegenüber von Frau Schmidt sitzt.

Jetzt ist Frau Saworski wieder in ihrem Element. Sie erzählt, was die Eltern des Monsterkindes alles falsch machen. »Ich sage euch!«, ruft sie. »Diese Magdalena bräuchte wirklich eine harte Hand, und ihr kleiner Bruder, das Paulchen, auch!«

Mein Buch fällt mir aus der Hand. Ich hebe es nicht wieder auf. Mir ist plötzlich kalt und mein Magen fühlt sich an wie ein Felsbrocken. Frau Saworski hat die ganze Zeit von mir gesprochen. Ich bin das Monsterkind! Das darf nicht wahr sein! So bin ich nicht! Und eingebrochen habe ich auch noch nirgends. Oder doch? Mir fällt der Tag in Frau Schmidts Garten ein. War das ein Einbruch?

»Ist dir nicht gut?«, fragt der Schaffner, der gerade vorbeikommt.

Ich schüttele nur stumm den Kopf. Der Schaffner geht weiter. Ich höre, wie die Frauen sich immer noch aufregen. Am lautesten ist nach wie vor Frau Saworski. Jetzt meldet sich zum ersten Mal Frau Schmidt zu Wort. Ihre Stimme klingt genauso böse, wie ich sie mir immer vorgestellt habe.

»Nun halt mal die Luft an, Marieluise!«, sagt sie. »Die Wiesners sind eine sehr nette Familie und Magdalena und Paulchen sind ganz normale Kinder. Kinder sind manchmal laut und Kinder lassen Spielzeug herumliegen. Das war zu unserer Zeit auch nicht anders.«

»Ach!«, sagt Frau Saworski spitz. »Und es ist auch normal, dass sie am hellen Nachmittag bei dir einbrechen?«

Frau Schmidt lässt sich Zeit mit ihrer Antwort. »Normal!«, sagt sie. »Was ist schon normal? Ich weiß nur, dass wir früher auch schon mal bei einem Nachbarn über den Zaun gestiegen sind.« Frau Schmidt lacht. Ich habe sie noch nie lachen hören. »Wir dachten damals, unser Nachbar wäre ein Zauberer, weil er so einen verwunschenen Garten hatte und immer so merkwürdige Töne aus seinen Fenstern kamen.« Frau Schmidt lacht noch mehr. »Dabei war er nur ein einsamer alter Mann mit einem seltsamen Musikgeschmack. Als Kind hat man eben manchmal eine galoppierende Fantasie. Vielleicht halten die Kinder mich ja für eine Hexe. Wer weiß? Wundern würde es mich nicht. Bei meinem alten Haus und diesem ollen finsteren Garten… Wahrscheinlich haben sie sogar Angst vor meinem Bello, diesem Uropa von einem Hund. Dabei ist der selbst ein richtiger Angsthase.«

Plötzlich wird Frau Schmidt wieder ernst. »Aber ihr solltet euch was schämen. Als Erwachsener sollte man wirklich wissen, wo die Fantasie aufhört und die Realität anfängt.«

Frau Saworski versucht, sich zu verteidigen, und für einen Moment reden wieder alle durcheinander. Ich hebe mein Buch auf und packe es wieder in den Rucksack. Der Zug fährt durch eine kleine Stadt. Ich sehe einen Supermarkt, einen Bäckerladen, ein Elektrogeschäft und eine Bushaltestelle. An der Bushaltestelle sitzt eine alte Dame. Zwei junge Männer in Jeans und Lederjacke lehnen an der Wand und rauchen eine Zigarette.

Mama hat mir Geld mitgegeben, damit ich mir im Bistrowagen ein Sandwich oder ein Stück Kuchen kaufen kann. Dazu müsste ich aufstehen. Irgendwann muss ich sicher auch mal aufs Klo. Auf dem Nachbargleis rattert ein anderer Zug an uns vorbei. Ich versuche, hinter den Fensterscheiben jemanden zu erkennen, aber es geht alles viel zu schnell.

Die Frauen hinter mir unterhalten sich immer noch murmelnd. Ich suche meinen Geldbeutel aus dem Rucksack, gucke kurz in meinen kleinen Handspiegel, stecke den Geldbeutel in die Hosentasche und den Spiegel zurück in den Rucksack. Dann stehe ich auf. Den Rucksack lasse ich auf dem Sitz liegen. Ich trete raus auf den Gang und stelle mich genau neben den Tisch der vier Frauen.

»Hallo Frau Schmidt!«, sage ich. Meine Stimme hört sich an, als hätte ich einen Frosch verschluckt.

»Magdalena!«, sagt Frau Schmidt und klingt erfreut und erschrocken zugleich.

»Ich wollte mich bei Ihnen bedanken!«, sage ich, und weil ich nicht weiß, was ich

sonst tun soll, gebe ich Frau Schmidt die Hand. Dann sage ich: »Guten Tag, Frau Saworski!« Und weil die anderen mich mit offenem Mund anstarren, sage ich noch: »Ich bin Magdalena, dieses Monsterkind!« Da klappt Frau Saworski ihren Mund wieder zu.

Ich bitte Frau Schmidt, ob sie auf meinen Rucksack achten kann, während ich mir etwas zu essen hole. Dann gehe ich den Gang entlang Richtung Bistrowagen. Wenn der Zug um die Kurve fährt, kann ich mich kaum auf den Beinen halten. Manchmal remple ich aus Versehen jemanden an. Draußen scheint die Sonne. Wir fahren an einem gewundenen Bachlauf vorbei. In der Ferne sehe ich jemanden reiten. Das Pferd ist groß und braun. An einem Fenster bleibe ich kurz stehen.

Was hat Papa gesagt? »Reisen verändert die Sichtweise!«

Komisch! Der Zug hat noch nicht mal irgendwo gehalten und meine Sichtweise hat sich schon ziemlich verändert!

Christian Tielmann

Mit einer Nervensäge im Handgepäck

»Ich hasse Fliegen«, knurrte Josephine von Weingart und zückte unauffällig ihre Fliegenklatsche.

Aber der kohlrabenschwarze Brummer, der auf ihrem Schreibtisch die Reste eines Kekskrümels verputzte, hatte die alte Dame längst durchschaut. Er breitete seine Flügel aus und zischte ab in Richtung Fenstersims.

Der schmale, klapprige Mann, der Josephine gegenübersaß, guckte sie mit bettelndem Dackelblick an und jaulte: »Sie müssen sich der Sache annehmen, ich bitte Sie inständig!«

»Bitten Sie mich lieber *anständig*!«, sagte Josephine. Und mit »Anstand« meinte sie vor allem Geld. Denn wenn an Josephine von Weingart eins wirklich fürstlich war, dann ihr Honorar. Schließlich war sie die berühmteste, beliebteste und sagenumwobenste Privatdetektivin zwischen Eckernförde und Plön. Kurz gesagt: Sie war die Beste. Und sie verlangte auch die beste Bezahlung.

Aber abgesehen vom Geld, hatte diese Sache noch zwei Haken. Erstens hasste Josephine nicht nur Fliegen, sondern auch Fliegen. Und für den Auftrag des Klappermanns würde sie nach Venedig fliegen müssen. Zweitens konnte sie Kiel diesen Sommer unmöglich verlassen,

denn sie hatte bereits einen verantwortungsvollen und extrem nervenaufreibenden Auftrag übernommen: Sie passte auf ihre Nichte auf. Beatrix war zehn Jahre alt, hatte flachsblonde Haare und ein Mundwerk wie eine Säge. – Eine Nervensäge. Und mit einer Nervensäge im Handgepäck wollte Josephine nun wirklich in kein Flugzeug steigen. Es gab also nur eine Antwort – und die war ein klares Nein.

Aber als Herr Braun sein schwarzes Ledertäschchen öffnete und ein Geldscheinbündel nach dem anderen auf den Schreibtisch stapelte, änderte Josephine ihre Meinung schlagartig. Vor ihr lag genug Bares, um davon drei, vielleicht sogar vier Jahre zu leben – fürstlich zu leben.

Josephine lehnte sich lässig in ihrem Chefsessel zurück und sagte: »Herr Braun, wir sind uns einig. Nächste Woche können Sie den Koffer bei mir abholen.«

Beatrix war begeistert.

»Venedig ist cool! Fliegen ist cool! Und endlich sind wir raus aus Kiel!« Denn über eine Sache waren Beatrix und Josephine ausnahmsweise einer Meinung: In diesem verregneten Sommer gab es keinen langweiligeren Ort als Kiel.

Aber auch anderswo passierte nicht viel. Selbst in den Zeitungen, die Josephine auf dem Hamburger Flughafen durchblätterte, stand nichts Spannendes. Worüber hätten die Reporter auch schreiben sollen? Schließlich machten alle wichtigen, besonderen und besonders wichtigen Leute Ferien.

Die einzige interessante Meldung betraf einen Kunstraub in Florenz. Unbekannte hatten ein altes holländisches Ölgemälde gestohlen. Auf dem Bild war eine Windmühle zu sehen. In dem Artikel wurde genauestens beschrieben, wie der Maler Johann van de Knappje es geschafft hatte, dass die Farben der Windmühlenflügel so schön leuchteten: Er hatte die hellen Flächen mit einem Spezialanstrich aus Blei vorbehandelt. Und weil es sonst wirklich keine spannenden Meldungen gab, war auf der Seite auch noch eine Röntgenaufnahme des gestohlenen Bildes abgedruckt. Allerdings konnte man darauf nicht mehr als zwei wild hingeschmierte Striche erkennen, die das Kreuz der Windmühlenflügel bildeten.

»Wenigstens machen die Verbrecher keine Ferien«, murmelte Josephine und las den Artikel zu Ende. Das Bild war so irrsinnig wertvoll, dass die Vereinigte und Allgemeine Kunstversicherungsgesellschaft Wuppertal-Oberbarmen eine hohe Belohnung für die Wiederbeschaffung ausgesetzt hatte.

Josephine seufzte. Das wäre ein Fall für sie gewesen. Ein wirklich interessanter Fall. Aber sie hatte sich stattdessen von Brauns Geld ködern lassen.

Dabei war Brauns Auftrag fast so langweilig wie Kiel im Sommerregen: Josephine sollte einen Koffer suchen. In diesem Koffer lag das Manuskript einer neuen Geschichte des berühmten Schriftstellers Harald Töpfer. Töpfer war so erfolgreich, dass er jede Menge neidischer Kollegen hatte. Und einer dieser Kollegen hatte ihm den Aktenkoffer samt Manuskript gestohlen. Töpfer hatte daraufhin bei Braun, seinem Literaturagenten, angerufen. Und der hatte versprochen, sich sofort um die Sache zu kümmern.

Bis dahin klang das Ganze ja noch

einigermaßen spannend. Doch Braun hatte Josephine nicht nur den Namen des Täters, sondern auch noch sein Hotel in Venedig nennen können: Eine Überwachungskamera hatte den Diebstahl gefilmt. Und Braun hatte den Mann sofort erkannt. Es war ein ziemlich unfähiger und unbekannter Dichter namens Till-Theodor Schönemann.

Josephine faltete die Zeitung zusammen. Eine freundliche Damenstimme knatterte aus dem Lautsprecher und forderte die Fluggäste zum Einsteigen auf.

»Jagen wir in Venedig Verbrecher?«, fragte Beatrix.

»Nein, wir holen nur einen Koffer ab«, murmelte Josephine. Sie reichte der Dame am Ausgang die Tickets und versuchte, das Zittern ihrer schweißnassen Hände zu überspielen. Sie konnte Fliegen wirklich nicht ausstehen.

»Kein Mensch bezahlt die berühmte Josephine von Weingart für einen Auftrag, den auch ein Kofferträger erledigen kann«, sagte Beatrix, als sie der Flugzeugtür entgegenmarschierten. »Also erzähl mir keinen Quatsch! Entweder du sagst mir jetzt, was unser Auftrag in Venedig ist, oder ich erzähle dir, wie Papa mal fast abgestürzt wäre – und zwar mit dem Flugzeugtyp, in dem wir gleich sitzen!«

Josephine von Weingart seufzte. Ihre Nichte war und blieb eine Nervensäge. Aber Geschichten von Beatrix' Vater, der Pilot war, wollte sie auf dem Flug beim besten Willen nicht hören. Kaum saßen sie auf ihren Plätzen, flüsterte sie ihrer Nichte daher den langweiligen Auftrag ins Ohr.

In Venedig stellte sich allerdings schnell heraus, dass der Auftrag nicht ganz so langweilig war, wie Josephine befürchtet hatte. Denn Schönemann war zwar in dem Hotel gewesen, das Herr Braun genannt hatte, aber er hatte sich inzwischen schon nach Mallorca abgesetzt.

»Super! Wir fliegen nach Malle!«, rief Beatrix erfreut.

Josephine hingegen war nicht gerade begeistert, dass sie schon wieder ein Flugzeug betreten musste.

Doch einen Vorteil hatte Schönemanns Flucht: Mallorca war für Josephine immer ein Heimspiel gewesen. Wer glaubte, sich auf der Mittelmeerinsel vor ihr verstecken zu können, irrte sich gewaltig. Denn auf Mallorca hatte Josephine einen ihrer besten Kontakte: Er hieß Carlos, hatte mittlerweile graues Haar und kannte alle und jeden auf der Insel.

Sie waren kaum gelandet, als sie auch schon von ihm abgeholt und mit den neuesten Neuigkeiten versorgt wurden. Carlos wusste, wo Schönemann wohnte, dass er tagsüber am Strand und abends in den Bars herumhing und eine grüne Badehose sowie orangefarbene Flip-Flops hatte.

»Gute Arbeit, Carlos! Jetzt brauche ich nur noch deinen Wagen. Du passt auf Beatrix auf! Ich erledige den Rest«, sagte Josephine und schnappte sich die Autoschlüssel. »Wir treffen uns heute Abend in Elenas Restaurant.«

Josephine klemmte sich hinters Lenkrad und wollte schon den Wagen starten, als sich Beatrix auf den Beifahrersitz setzte und sagte: »Ich habe Ferien! Und in den Ferien will ich was erleben. Ich komme mit.«

Und davon ließ sie sich nicht abbringen. Im Gegenteil: Als Josephine ihre Nichte wegschicken wollte, drohte diese

ihr abermals mit abenteuerlichen Pilotengeschichten, die sie auf dem Rückflug erzählen würde.

Josephine zweifelte keine Sekunde daran, dass ihre Nervensägennichte diese Drohung wahr machen würde. Also startete sie den Motor, kurbelte das Fenster herunter und rief dem verdutzten Carlos zu: »Um acht bei Elena!«

Schönemanns Zimmertür zu öffnen, war ein Kinderspiel.

»Aber Tante Josephine, das ist Einbruch!« Beatrix stand der Mund offen.

Josephine verdrehte die Augen. »Was denn sonst? Dachtest du, dass ich Schönemann einen guten Tag wünsche und ihn darum bitte, mir freundlicherweise den Koffer zu geben, den er gestohlen hat?«

Beatrix blieb wie angewurzelt hinter der Zimmertür stehen und lauschte, während Josephine Schönemanns Sachen durchsuchte. Auf dem Bett lagen zwei T-Shirts und ein Sakko. Im Kleiderschrank war eine Reisetasche verstaut. Vor dem Fenster stand ein kleiner Sessel, auf dessen Lehne eine Fliege Urlaub machte. Josephine griff zielsicher unter das Bett und zog den Aktenkoffer hervor. Schwarz mit roten Nähten. Genau wie Braun ihn beschrieben hatte.

Sie öffnete den Koffer und nahm einen Papierstapel heraus. »Da ist ja das gute Stück!« Josephine verscheuchte die Fliege, setzte sich in den Sessel und machte einen schweren Fehler: Sie begann, ihrer Nichte Harald Töpfers Geschichte vorzulesen.

Beatrix ließ sich neben dem Bett nieder. Sie traute ihren Ohren kaum. Das war die langweiligste Geschichte, die sie je gehört hatte. Sie handelte von einer Streichholzschachtel, die sich in eine Windmühle verliebte. Die beiden heirateten schon auf der ersten Seite und führten ein durch und durch glückliches Leben, in dem so gut wie gar nichts passierte. Josephine musste schon nach zwei Seiten das erste Mal gähnen. Ab Seite sieben schnarchte Beatrix, ab Seite neun ihre Tante.

Als Josephine wieder zu sich kam, fühlte sie als Erstes die Fesseln an ihren Handgelenken. Als Zweites spürte sie eine raue Männerstimme, die an ihr Trommelfell klopfte.

»Wer hat Sie geschickt? Was suchen Sie hier?«

Josephine öffnete die Augen. Der Mann, der sie gefesselt hatte, trug eine grüne Badehose, darüber ein T-Shirt. Seine nackten Füße steckten in orangefarbenen Flip-Flops. Kein Zweifel, vor ihr stand Schönemann.

Die Privatdetektivin ließ ihren Blick unauffällig durch das kleine Hotelzimmer schweifen. Wo war Beatrix? Hatte Schönemann sie etwa aus dem Weg geräumt, in ein Paket gesteckt und nach Kiel geschickt? Aber dann entdeckten Josephines Adleraugen ein paar flachsblonde Haare, die unter dem Bett hervorlugten. Anscheinend hatte sich Beatrix noch rechtzeitig versteckt.

»Reden Sie!«

»Sie wissen genau, warum ich hier bin, Schönemann! – Ich will den Koffer seinem Besitzer zurückbringen!«

Schönemann lachte. »Das kann ich mir vorstellen! Richten Sie Ihrem Boss aus, dass ich die wichtigsten Stellen aus dem Text längst fotokopiert und an die Zentrale meiner Versicherung geschickt habe.«

»Versicherung?«, fragte Josephine. Sie verstand nicht ganz, worauf Schönemann hinauswollte. Was hatte er davon, wenn er ein paar Seiten aus einem stinklangweiligen Roman kopierte? Und von welcher Versicherung faselte er da? Die Privatdetektivin beschlich das ungute Gefühl, dass ihr Auftraggeber, Herr Braun, entweder nicht alles gesagt hatte, was er wusste, oder nicht alles wusste, was er wissen sollte.

Schönemann lachte wieder. »Tja, damit habt ihr nicht gerechnet, was? Ich bin zwar nur ein kleiner Versicherungsdetektiv. Aber ich werde euch alle kriegen! Richten Sie das Ihrem Boss aus! – Sobald Sie entlassen werden!«

»Entlassen?«, knurrte Josephine.

Aber da flog auch schon die Tür auf. Und ehe sie sich's versah, wurde sie von zwei Polizisten verhaftet und in Handschellen abgeführt.

Das Gefängnis von Palma di Mallorca war nicht gerade ein Hotel. Aber immerhin gestatteten die Polizisten Josephine einen Anruf.

»Carlos, hol Beatrix aus dem Zimmer und mich aus dem Knast!«, kommandierte sie ins Telefon. »Völlig egal, was es kostet!«

Auf Carlos war Verlass. Keine zwei Stunden später saß Josephine von Weingart mit Beatrix und Carlos auf der Terrasse von Elenas Restaurant.

»Ich habe dir was mitgebracht, Tante Josephine.« Beatrix rutschte aufgeregt von einer Pobacke auf die andere. Und auch Carlos hatte nur Augen für die Überraschung.

Aber Josephine war ganz und gar mit ihren eigenen Sorgen beschäftigt. »Ich muss Schönemann und den Koffer wieder finden, bevor sie die Insel verlassen! Jetzt steht mehr auf dem Spiel als das Geld: Hier geht es um meinen guten Ruf!« Aber dann stockte sie. Denn Beatrix zog kühl lächelnd den Koffer mit den roten Nähten unter dem Tisch hervor und sagte: »Was bekomme ich, wenn ich deinen guten Ruf rette?«

Josephine brachte keinen Ton mehr heraus. Ihre Nichte, die Nervensäge, war einfach großartig!

»Die Hälfte meines Honorars gehört dir«, murmelte sie schließlich und öffnete den Koffer. Darin lag der Papierstapel, der angeblich so irrsinnig wertvoll war, dass der Literaturagent das Geld bündelweise dafür ausgab.

»Ich wusste doch gleich, dass du ohne mich nicht klarkommst!« Beatrix grinste frech zu ihr herüber. »Du wirst eben auch älter, Tante Josephine.«

»Was hat sie gesagt?«, fragte Elena, die in diesem Augenblick eine große Pfanne Paella auf den Tisch stellte.

Carlos machte schon den Mund auf, aber Josephine herrschte ihn an: »Wenn du das übersetzt, lass ich dich grillen!«

Irgendwie hatte Josephine ein ungutes Gefühl, als sie ihr Handgepäck durchleuchten ließ. Es war nicht das normale, ungute Gefühl, das sie stets beschlich, wenn sie ein Flugzeug betreten musste. Es war eher das Gefühl, das sie hatte, wenn sie gerade dabei war, etwas Wichtiges zu übersehen.

Diese ganze Geschichte war doch merkwürdig! Da gab ein Literaturagent einen

Batzen Geld aus, damit sie ihm ein Manuskript brachte, das so langweilig war, dass sogar die Fliegen an der Wand einschliefen. Hatte Schönemann den Text etwa ausgetauscht und eine seiner eigenen Geschichten in den Koffer gelegt? Aber mit diesem Schönemann stimmte auch etwas nicht: Wozu hatte er das Manuskript kopiert? Und was hatte er damit gemeint, als er sagte, dass er sie alle kriegen werde? Wen? Und warum? Und wieso hatte er sich als Detektiv ausgegeben?

»Was ist in dem Koffer?«, fragte der Mann, der am Bildschirm saß und das Handgepäck durchleuchtete.

»Ein Stapel Papier, weiter nichts«, sagte Josephine und warf einen Blick über seine Schulter. »Stimmt etwas nicht?«

Aber der Mann schüttelte den Kopf. »Unser Durchleuchtungsgerät hat manchmal Störungen. Sehen Sie hier?« Er deutete auf ein paar Striche, die wie ein Kreuz aussahen.

Josephine betrachtete den Bildschirm. Diese Striche kamen ihr irgendwie bekannt vor. »Sie können gern einen Blick in den Koffer werfen!«, sagte sie.

Der Mann klappte den Koffer auf, nahm das Manuskript heraus, zuckte mit den Schultern und sagte: »Das muss an unserem Gerät liegen. Guten Flug!«

Der Flug war gut. Er war sogar sehr gut. Es war sozusagen einer der besten Flüge, die Josephine von Weingart jemals hatte. Die Maschine war kaum gestartet, als sie auch schon den Koffer öffnete.

»Willst du etwa wieder die stinklangweilige Geschichte lesen, damit du einschlafen kannst?«, fragte Beatrix schnippisch. »Ich hätte da ein paar viel spannendere Geschichten auf Lager! Hab ich dir zum Beispiel schon mal erzählt, wie Papa über dem Mittelmeer einen Triebwerksschaden hatte?«

Aber Josephine hörte nicht auf ihre Nichte. Sie untersuchte das Innenfutter des Koffers und fand tatsächlich das, was sie vermutet hatte. Neben einer Naht des Innenfutters war eine Reihe feiner Nadelstich-Löcher zu sehen. »Dieses Innenfutter ist einmal geöffnet worden«, murmelte Josephine. Und wenn sie sich nicht ganz, ganz gründlich täuschte, dann hatte sie auch eine Ahnung, was in diesem Futter versteckt war.

Die Stewardess und Beatrix waren jedenfalls gleichermaßen verdutzt, als Josephine von Weingart unbedingt mit dem Kapitän des Flugzeugs sprechen wollte. Sie hatte zwei wichtige Funksprüche zu senden.

»Ich muss Ihnen sagen, Herr Braun, es gibt etwas an Ihnen, das ich mag: Das ist die Bezahlung«, erklärte Josephine, als sie tags drauf hinter ihrem Schreibtisch in Kiel saß und sich vom Klappermann die zweite Hälfte ihres Honorars ausbezahlen ließ.

»Tja, dafür ist unsere Agentur bekannt«, sagte Herr Braun. »Die Geschichte von Töpfer ist aber auch einmalig. Vielleicht haben Sie ja einen Blick reingeworfen?«

»Allerdings, das habe ich.« Josephine lehnte sich in ihrem Chefsessel weit zurück und nippte lässig an ihrem Apfelsaft. »Und ich muss Ihnen sagen, dass es etwas an Ihnen gibt, das ich überhaupt nicht mag.«

Das Lächeln des Mannes versteinerte.

»Das sind die Lügen, die Sie mir aufgetischt haben, Herr Braun. Oder sollte

ich lieber Herr Schwarz sagen? Denn so heißen Sie doch eigentlich.« Eine Fliege kam vom Fenstersims geflogen und setzte sich frech mitten auf den Koffer. »Ihre zweite Lüge: Sie sind nicht der Literaturagent von Harald Töpfer. Ich habe mit dem Künstler persönlich gesprochen! Er hat gar keinen Agenten! Dritte Lüge: Sie wollten gar nicht diese Geschichte haben, sondern den Koffer! Und weil Sie wussten, dass ich die Einzige bin, die das Unmögliche möglich macht, haben Sie mich beauftragt! Aber ich weiß inzwischen, was dieser Koffer zu bieten hat, Schwarz!«

Der Klappermann schwieg und steckte eine Hand in die Manteltasche. Mit der anderen griff er nach dem Koffer.

»Vergessen Sie's! Das Spiel ist aus.« Josephine schnippte mit den Fingern. Zwei Polizeibeamte kamen aus dem Nebenzimmer gerannt und legten Schwarz schneller die Handschellen an, als er bis drei zählen konnte.

»Sie sind der Kopf einer international aktiven Kunsträuberbande! Das Manuskript war nur Tarnung.« Josephine von Weingart öffnete den Koffer, schnappte sich eine Rasierklinge und schnitt vorsichtig das Futter heraus. »Oder wollen Sie etwa abstreiten, dass es Ihnen um dieses Bild ging? Das Bild, das vor einer Woche in Florenz gestohlen wurde?« Josephine zog das Windmühlenbild aus dem Innenfutter des Koffers.

»Ich habe keine Ahnung, wovon Sie sprechen«, knurrte Schwarz. »Das Bild hat mein Opa gemalt.«

Josephine lachte. »Schönemann, Ihr Auftritt!«

Herr Schönemann kam aus dem Hinterzimmer, betrachtete das Bild und nickte Josephine zu. »Es ist das gesuchte Bild. Ein echter van de Knappje!«

»Ihre vierte Lüge, Schwarz: Herr Schönemann ist kein Dichter. Er ist Detektiv der Vereinigten und Allgemeinen Kunstversicherungsgesellschaft Wuppertal-Oberbarmen. Meine Kollegin hat das für mich überprüft. Nicht wahr, Kollegin?«

Auf dieses Stichwort kam Beatrix unter dem Schreibtisch hervorgekrochen und nickte.

Und während die Polizisten den Klappermann abführten, nickte Schönemann Josephine zu. »Danke für Ihre Hilfe. Ich könnte mich schwarz ärgern, dass ich das Bild die ganze Zeit unter meinem Bett hatte, ohne es zu ahnen!« Er setzte sich auf einen der Stühle gegenüber von Josephines Schreibtisch. »Aber ich habe noch zwei Fragen: Wie haben Sie herausgefunden, dass das Bild im Futter eingenäht war?«

Josephine grinste. »Technik, mein Lieber. Am Flughafen wurde der Koffer durchleuchtet, da waren diese merkwürdigen Striche auf dem Bildschirm. Und diese Striche hatte ich schon einmal gesehen: Es war die bleihaltige Schicht, die Johann van de Knappje benutzt hat, damit die Farben schön leuchten. Die hat das Gerät angezeigt.«

Beatrix und Schönemann klappten ihre Münder auf und wieder zu.

»Und Ihre zweite Frage?«

»Ach so, ja, meine zweite Frage«, stammelte Schönemann. »Wie haben Sie den Koffer aus meinem Zimmer geschmuggelt?«

Josephine zwinkerte Beatrix unauffällig zu und sagte: »Bedaure sehr, Herr Kollege, das ist ein Betriebsgeheimnis. – Aber

gestatten Sie auch mir eine Frage. Warum haben Sie den Koffer überhaupt an sich genommen, wenn Sie gar nicht wussten, dass das Bild darin ist?«

Schönemann seufzte. »Ich hatte einfach gehofft, dass es drin ist. Deshalb habe ich den Koffer einem der Gangster in Venedig abgenommen. Und das war gar nicht schlecht, denn diese langweilige Geschichte, die ich stattdessen fand, enthält Anweisungen für die Bande. Es ist ein verschlüsselter Text. Ich habe eine ganze Nacht darüber gegrübelt, bis ich darauf kam: Man darf nur jedes dritte Wort aus jedem vierten Satz lesen.«

Josephine starrte Schönemann an. Der Fang war ja noch viel besser, als sie gedacht hatte.

»Die Gangster waren ungeheuer leichtsinnig: Sie haben nicht nur die exakten Orte und Zeiten, sondern auch die Namen aller Mittäter hineingeschrieben.« Schönemann holte eine Liste aus seiner Westentasche. »Das ist der ganze Schmuggelring.« Er sah auf die Uhr. »Und in drei Minuten schnappen die Handschellen in Florenz, Padua, Venedig, Mallorca und London zu.«

»Haben wir einen echten Verbrecher gefangen?«, fragte Beatrix am späten Nachmittag, als sie mit ihrer Tante an die Ostsee radelte.

»Nein, zehn«, sagte Josephine. »Und das ist für den Anfang gar nicht schlecht, finde ich.«

»Außerdem kassierst du zu deinem Honorar jetzt auch noch die Belohnung von der Versicherung, oder?« Sie bogen zum Strand ein.

»O ja, das werde ich wohl.« Josephine von Weingart ließ

sich den warmen, sommerlichen Nieselregen übers Gesicht streichen. »Und davon bekommst du die Hälfte ab, würde ich sagen.«

»Super!«, rief Beatrix. »Dann kann ich mir ja endlich das kaufen, was ich mir schon ewig wünsche!«

»Nämlich?«, fragte Josephine.

»Dreimal darfst du raten!« Sie standen am Strand und sahen auf das Wasser, das ruhig vor sich hin plätscherte.

»Doch nicht etwa einen dummen Hund?«

Beatrix schüttelte den Kopf.

»Ein zweites Pferd?«

Beatrix lachte und verneinte.

Josephine zuckte mit den Schultern. »Keine Ahnung. Was ist es?«

»Ein eigenes Flugzeug!« Beatrix klatschte begeistert in die Hände. »Dann kann Papa mich immer rumfliegen! Und du kannst mitkommen, wenn du willst.«

Josephine seufzte. Sie sah auf die graue Ostsee, zog ihre Kapuze tiefer ins Gesicht und murmelte: »Ich hasse Fliegen.«

Erstmals erschienen in:
Andreas Schlüter (Hg.): Jetzt geht's los!
Carlsen Taschenbuch Verlag, Hamburg, 2004

Patricia Schröder

Ferien ohne Brit

Es fängt nicht gut an.

Mama rennt durch die Wohnung. Sie gießt die Pflanzen, bügelt noch eine Shorts, sucht ihre grüne Strickjacke, stopft unzählige Papiertaschentücher in die Reisetasche und Papa rennt die ganze Zeit hinter ihr her und meckert.

»Ich bleib hier«, sagt Marie. »Ich will zu Brit.«

Sie hockt auf ihrem Bett, hat die Fleecedecke mit dem Tigermuster ganz eng um sich herumgeschlungen und popelt in der Nase. Eigentlich popelt Marie andauernd in der Nase, aber heute macht mich das ganz kribblig.

»Du kannst nicht zu Brit«, sage ich, »weil sie nach Kopenhagen geflogen ist.«

»Warum?«, fragt Marie.

»Ganz einfach«, sage ich. »Sie wollte nach Hause. Schließlich muss Brit auch mal Urlaub machen.«

»Ja«, sagt Marie. »So wie wir.« Dann fängt sie an zu heulen.

Ich setze mich zu ihr aufs Bett und tröste sie eine Weile. Dabei halte ich ihre Hand fest, damit sie nicht weiterpopeln kann. Aber sie hört nicht auf mit der Heulerei. Also flitze ich ins Schlafzimmer, wo Mama gerade auf ihrem Koffer sitzt und versucht, den Reißverschluss zuzumachen. Papa steht daneben und schimpft immer noch.

»Wie stellst du dir das vor? Das ist doch kein Urlaub ohne Brit.«

»Dann bleib halt hier«, sagt Mama wütend. »Dann fahre ich eben alleine mit Jette und Marie nach Kroatien.«

»Super«, erwidert Papa. Sein Gesicht ist schon ganz rot. »Das ist eine ganz tolle Idee. Wirklich. Als ob ich den Urlaub nicht dringend nötig hätte.«

»Ich denke, es ist kein Urlaub ohne Brit«, sagt Mama.

Sie merken gar nicht, dass ich in der Tür lehne und sie angucke.

»Könnt ihr nicht endlich aufhören«, sage ich. »Marie heult schon die ganze Zeit.«

Papa zuckt richtig zusammen und starrt mich an, als ob ich frisch vom Mars angeflogen gekommen wäre.

»Himmel noch mal, das fängt ja gut an.« Er verdreht die Augen und geht aus dem Schlafzimmer. »Ich schau mal nach ihr.«

»Es tut mir Leid, Jette«, sagt Mama. Sie lässt den Reißverschluss Reißverschluss sein und schließt mich in die Arme. »Ich hab mich so auf den Urlaub gefreut. Und jetzt das. Das konnte man doch nicht ahnen.«

Na, sie hat vielleicht gut reden, denke ich. Man braucht sich nämlich nicht groß anzustrengen, um dahinter zu kommen, dass Mama an dem ganzen Theater schuld ist. Schließlich hat sie die erste mit der zweiten Augusthälfte verwechselt und Brit, unserem dänischen Aupairmädchen, zur falschen Zeit freigegeben. Brits Flug nach Kopenhagen ist seit zwei Monaten gebucht. Ihre Eltern freuen sich wahnsinnig, dass sie nach einem halben Jahr bei

uns in München endlich mal wieder für ein paar Tage nach Hause kommt.

»Das kann man doch nicht wieder rückgängig machen«, hat Mama zu Papa gesagt, als sie ihren dusseligen Fehler bemerkt hat. »Ich bring das jedenfalls nicht übers Herz.«

Gestern hat sie Brit zum Flugplatz gebracht und heute sind dann die Packerei und der ganze Stress losgegangen.

»Jetzt müssen wir eben das Beste draus machen«, sagt Mama. »Ja, bitte, Jette, dann musst du dich eben ein bisschen mehr um Marie kümmern, damit Papa und ich auch mal Zeit für uns haben.« Sie guckt mich flehend an. Dann wuselt sie mir plötzlich durch die Haare, so als ob das alles ein Kinderspiel wäre. »Du schaffst das schon«, sagt sie. »Du bist doch schon so ein großes Mädchen.«

Ja, klar. Nur wenn ich abends mal länger bei meiner Freundin Sabrina bleiben will oder was wirklich Interessantes im Fernsehen läuft, dann bin ich mit meinen zehn Jahren noch nicht alt genug. – Pah!

Ich gucke Mama herausfordernd an und will gerade kräftig zurückschießen, da kommt Papa mit Marie auf dem Arm ins Zimmer. Sie hat ganz rot geheulte Augen und popelt noch immer in der Nase.

»Jetzt lasst uns den Ärger mal vergessen«, sagt er. »Es lässt sich ja sowieso nichts mehr ändern.«

Er küsst Marie auf die Backe und setzt sie aufs Bett. Mama lässt sich auf den Koffer plumpsen und Papa macht den Reißverschluss ruck, zuck zu. Und dann geht plötzlich alles ganz schnell. Hopplahopp sitzen wir mit unseren ganzen Sachen im Auto. Mama vorne neben Papa, Marie und ich hinten. Wir haben jede Menge Platz in unserem Van.

Wenn man wollte, könnte man während der Fahrt sogar hin und her laufen und sich die Füße vertreten, aber das darf man ja leider nicht.

Papa startet den Motor. Marie klappt ihren Tisch runter, öffnet das Köfferchen mit den rosafarbenen Schweinchen darauf und wühlt in ihren Kassetten herum.

»Willst du die mit der Prinzessin und dem Frosch oder Rolf Schukopfzki?«, fragt sie mich.

Gar nix, denke ich. Am liebsten will ich einfach aus dem Fenster gucken und Nummernschilder lesen und dabei meine Ruhe haben. Aber das geht nicht. Wenn Marie nicht ihre Kassetten hören kann, wird sie quengelig.

»Die mit der Prinzessin«, sage ich also.

»Okay«, sagt Marie, und eine Sekunde später trompetet Benjamin Blümchen los. »Die mag Brit am liebsten.«

Ich lege den Kopf zurück und schaue aus dem Fenster. Büsche, Blumen und Leitplanken sausen an mir vorbei. Leider überholt Papa nicht und deshalb kann ich auch keine Nummernschilder lesen.

»Warum sind wir eigentlich so spät losgefahren?«, frage ich und gähne.

»Wir fahren die Nacht durch«, sagt Papa. »Mama und ich wechseln uns ab. Dann sind wir in einem Rutsch in Kroatien.«

»Kackazien, Kackazien!«, krakeelt Marie. »Wir fahren nach Kackazien.«

»Das heißt Kroatien«, sage ich.

»Das weiß ich doch!«, brüllt Marie und stellt ihren bunten Babykassettenrekorder auf volle Pulle. »Kackazien! Kackazien!«

Mamas Kopf wirbelt herum. »Marie!«

Meine Schwester gluckst. Und Benjamin Blümchen macht: »Töröööööööh!«

Na, das wird wohl wirklich ein Superurlaub werden. Ohne Brit.

Eine gute Stunde später fängt Marie an zu gähnen. Ihre Lider klappen zu und wieder auf und wieder zu. Draußen dämmert es bereits. Papa ist die ganze Zeit über stumm wie ein Fisch gewesen. Jetzt fängt er leise an zu pfeifen.

Mama streckt ihre Hand nach hinten und stellt den Kassettenrekorder leiser. Maries Atemzüge sind lang und regelmäßig. Sie ist eingeschlafen. Was ein Glück!

Auch ich mache die Augen zu. Wenn man schläft, kommt man schneller an. Es war eine gute Idee von Papa, so spät loszufahren.

Als ich aufwache, ist es hell. Ich drehe den Kopf zum Fenster. Weder Büsche noch Autos noch Leitplanken fliegen vorbei. Direkt vor mir steht ein Baum und daneben eine Mülltonne.

»Wo sind wir?«, murmele ich.

»In Kackazien«, sagt Marie. »Mach mich mal los.« Sie guckt mich an aus ihren blauen Kulleraugen und popelt in der Nase.

»Hör auf damit«, sage ich.

»Mir ist aber langweilig«, nörgelt Marie. »Ich will nicht nach Kack.«

»Klappe!«, zische ich und reibe mir die Augen. Ich sehe nach vorne und stelle fest, dass Mama und Papa nicht da sind. Die Beifahrertür steht sperrangelweit offen. »Wir können nicht mehr nach Hause«, sage ich. »Wir fahren jetzt in Urlaub.«

»Urlaub ist langweilig«, jault Marie. »Ohne Brit.«

»Ja, ich weiß«, sage ich und taste nach dem Griff, um die Schiebetür zu öffnen.

»Mach mich los!«, kreischt Marie.

»Gleich«, sage ich. »Ich will erst mal gucken, wo Mama und Papa sind.«

Ich klettere aus dem Auto und gucke mich um. Wir stehen auf einem Rastplatz. Gegenüber ist eine Wiese mit Bäumen. Unter den Bäumen stehen Holztische und Bänke und auf denen sitzen Leute und trinken Kaffee und futtern Brötchen oder rauchen Zigaretten.

Plötzlich fühlt sich mein Bauch so hohl an, als ob ich jahrelang nichts mehr gegessen hätte. Hinter mir brüllt Marie, aber ich habe keine Lust, sie loszumachen. Nachher rennt sie noch vor ein Auto.

Ich schaue zu dem kleinen Wäldchen, das sich hinter der Wiese einen Hügel hinaufzieht, und da sehe ich sie: Mama und Papa! Sie haben den letzten freien Tisch am Ende des Rastplatzes ergattert. Ich flitze zu ihnen hinüber.

»Oh, du bist aufgewacht«, sagt Mama und wuselt mir durch die Haare. Sie hat eine große karierte Serviette ausgebreitet und Teller und Becher aus Plastik darauf verteilt. »Gleich gibt es Frühstück. Papa schmiert schon die Brötchen.«

»Marie ist auch wach«, sage ich. »Sie brüllt.«

Mama lächelt. »Dann hol sie mal lieber her.«

Ich wirbele herum und sause auf unseren Van zu. Marie hat aufgehört zu kreischen. Ich höre sie schon von weitem lachen.

»Marie, was ist los?«, rufe ich, da sehe ich ihre nackten Beine, die aus der Schiebetür baumeln.

Daneben stehen noch ein Paar Beine. Sie sind ziemlich dick und haben Omaschuhe an den Füßen.

»Marie, was machst du?«, rufe ich erschrocken.

»Oma Ausgesetzt hat mich losgemacht«, gluckst Marie. »Und dann hat sie mich gekitzelt.«

»Weil sie so geweint hat«, sagt die Frau, die neben Marie auf der Türschwelle sitzt.

Sie ist schon ziemlich alt und genauso dick wie ihre Beine. Um das Dicke herum trägt sie ein grünes Sommerkleid mit großen rosafarbenen Blumen und einen roten Strohhut. Ihr Haar ist grau und lockig und ihr Gesicht noch ziemlich glatt. Nur um ihre kleinen braunen Augen tummeln sich tausend lustige Fältchen.

»Außerdem war sie drauf und dran, aus dem Auto zu klettern«, fährt die Frau fort. »Und weil ich keinen Erwachsenen gesehen habe, bin ich schnell zu ihr hingelaufen.«

»Meine Eltern sind da drüben«, sage ich und zeige auf den letzten Tisch.

Die Frau blinzelt über meinen Zeigefinger hinweg.

»Aha«, sagt sie dann, angelt Maries Sandalen unter dem Beifahrersitz hervor und streift sie ihr über die nackten Füße. »Dann will ich mich ihnen mal vorstellen.«

»Oh ja!« Marie hopst auf den Bürgersteig und nimmt die Frau bei der Hand. »Das ist nämlich Oma Ausgesetzt.«

So ein Quatsch, denke ich. Das ist doch kein Name. Ausgesetzt! Ph! Bestimmt hat Marie das wieder mal falsch verstanden.

Ich laufe voran, um Mama und Papa die Neuigkeiten zu erzählen. Sie haben die dicke fremde Frau schon bemerkt.

»Wer ist denn das?«, raunt Mama mir zu.

»Sie hat Marie gerettet«, sage ich. »Die hatte sich nämlich schon losgemacht und wollte gerade aus dem Auto steigen.«

»Oh je«, sagt Mama und guckt ganz sorgenvoll.

»Ich sag ja, das wird ein ganz furchtbar entspannter Urlaub ohne Brit«, brummt Papa.

Er hockt auf der Bank und schlürft an seinem blauen Kaffeebecher. Die Brötchen sind fertig geschmiert. Sie liegen alle nebeneinander auf der kleinen Tischdecke. Ich nehme mir eins mit Schnittkäse.

»Ich will eins mit Tigerwurst«, ruft Marie und klettert auf die Bank.

»Na, na, na«, sagt die Frau. »Du hast doch Sandalen an.«

Sie reicht Mama die Hand.

»Das ist Oma Ausgesetzt«, sagt Marie. Hastig greift sie sich ein Brötchen mit Clownsgesichtwurst und setzt sich dann ordentlich neben Papa.

»So ist es gut«, sagt die Frau und tätschelt Marie die Schulter. »Mein Name ist übrigens Weber«, stellt sie sich vor und schüttelt nun auch Papas Hand. »Gertrude Weber.«

»Vielen Dank, dass Sie unsere Tochter gerettet haben«, sagt Papa. »Möchten Sie vielleicht einen Kaffee mit uns trinken?«

Mama wirft ihm einen finsteren Blick

zu, weil wir nur vier Becher haben. An so was denkt Papa nämlich nie.

»Sie kann meinen haben«, sage ich, doch Frau Weber winkt ab.

»Vielen Dank, aber ich habe schon gefrühstückt.«

»Warum nennt Marie Sie eigentlich Oma Ausgesetzt?«, frage ich.

Frau Weber macht eine weit ausholende Armbewegung. »Ach, das ist eine lange Geschichte«, sagt sie. »Aber ich mache es kurz.« Sie holt einmal tief Luft und zwinkert in die Runde, bevor sie zu erzählen beginnt. »Ich war mit einem netten jungen Paar auf dem Weg nach Kroatien.«

»Da fahren wir auch hin«, sage ich überrascht.

Frau Weber guckt mich erstaunt an. »Ach, tatsächlich? Na, das ist ja ein Zufall!«

»Und?«, fragt Papa. »Wo sind die jungen Leute jetzt?« Seine Stimme klingt ein bisschen ungeduldig.

»Weg«, sagt Frau Weber.

»Weg?«, wiederholt Mama. Sie sieht ziemlich empört aus. »Aber das kann doch nicht sein! Bestimmt suchen sie Sie schon ganz verzweifelt.«

»Nein«, erwidert Frau Weber. »Das ist vollkommen ausgeschlossen. Ich bin nur ganz kurz auf der Toilette gewesen, und als ich wieder herauskam, war der Wagen des jungen Pärchens weg. Nur die Kühltasche und mein Koffer standen noch dort.«

»Auf der Straße?«, fragt Papa ungläubig.

»Nein, auf dem Bürgersteig natürlich«, erklärt Frau Weber ihm. »So als ob die beiden sie extra dort abgestellt hätten.«

»Das gibt's doch gar nicht«, sagt Mama. »Man setzt vielleicht einen Hund oder eine Katze aus, aber doch keine …«

»Oma?«, fragt Marie und nimmt sich noch ein Clownsgesichtwurstbrötchen von der Tischdecke.

Papa reibt sich mit den Händen über das Gesicht und stöhnt leise. Und Mama fragt: »Was machen Sie denn jetzt?«

»Nun …«, sagt Frau Weber. »Das Beste ist wohl, wenn ich mich mit meinem Koffer und der Kühltasche da vorne an die Auffahrt zur Autobahn stelle.«

»Sie wollen per Anhalter bis nach Kroatien?«, ruft Mama.

Frau Weber nickt.

»Natürlich. Ich möchte eine alte Freundin besuchen, die sich dort ein kleines Häuschen gekauft hat.«

»Ausgerechnet per Anhalter«, sagt Mama und schüttelt den Kopf. »Heutzutage! Was da alles passieren kann!«

»Genau«, sagt Marie. »Die setzen Omas einfach aus.«

Frau Weber wuselt ihr lächelnd durch die Haare.

»Ach, das junge Pärchen«, meint sie abwinkend. »Die beiden waren wie die Turteltauben. Die wollten bestimmt nur unter sich sein.«

»Trotzdem«, sagt Mama. »Warum fahren Sie denn nicht mit dem Zug?«

Frau Weber hebt die Schultern und seufzt: »Das ist ja nun zu spät.«

»Neben mir ist noch ein Platz leer«, sagt Marie schmatzend. »Weil Brit nicht mitfahren konnte.«

Mama und Papa gucken sie erschrocken an.

»Aber das geht nicht«, sagt Papa. »Wir können doch nicht …«

»Warum nicht?«, frage ich. »Dann kann Frau Weber wenigstens nichts passieren. Und wir fahren doch auch nach Kroatien.«

Zehn Minuten später sind wir wieder auf der Autobahn. Mama und Papa haben die Plätze getauscht. Mama sitzt am Steuer, und Papa hat die Rückenlehne ein Stück zurückgekippt, damit er ein bisschen dösen kann.

Frau Webers Koffer und die Kühltasche passten genau zwischen Papas und Mamas Gepäckstücke. Als ob das alles so sein sollte!

Jetzt sitzt sie zwischen mir und Marie und erzählt uns eine verrückte Geschichte von einem Hund, der wahnsinnige Angst vor einer Maus und deshalb gelernt hatte, auf Bäume zu klettern. Frau Weber kennt eine Menge solcher Geschichten. Und immer wenn sie mit einer fertig ist, sagt Marie: »Noch eine, bitte, bitte!«

Mama summselt ein Lied und Papa schläft richtig ein. Sein Mund steht offen und er schnarcht. Und immer wenn Mama die Spur wechselt oder über eine Bodenwelle braust, wackelt sein Kopf hin und her.

Zwischendurch knabbern wir Kekse oder trinken Saft. Frau Weber versorgt uns mit allem, was wir brauchen. Es ist eine richtig schöne Fahrt. Noch zweimal halten wir an, um Pause zu machen. Nachmittags fährt Papa wieder weiter.

»Ich bin jetzt ganz frisch«, sagt er und reibt sich die Hände.

Er ist nicht nur frisch, er ist sogar richtig fröhlich, und als wir spätabends dann endlich in Kroatien vor dem Haus, das wir gemietet haben, ankommen, fragt er Frau Weber: »Wo müssen Sie eigentlich hin?«

»Ein Stück weiter noch«, sagt sie. »Nach Pula. Dort wohnt meine Freundin. Ein wenig abseits irgendwo an der Küste.«

»Aha«, sagt Papa und kramt die Karte heraus.

»Jetzt lass uns doch erst mal reingehen«, sagt Mama, und Marie krakeelt: »Oma Gertrude soll uns noch eine Gutenachtgeschichte erzählen.«

»Nix da«, sagt Papa. »Ich bringe Frau Weber zu ihrer Freundin und dann lese ich euch etwas vor. Oder Mama.«

»Ich will aber nicht«, kreischt Marie.

»Na gut«, sagt Papa. »Dann musst du eben ohne Geschichte einschlafen.« Er hört sich wieder ziemlich knurrig an.

Mama guckt auf die Uhr.

»Es ist schon recht spät«, sagt sie. »Und stockdunkel. Und du kennst dich in der Gegend hier nicht aus. Wenn ihr euch verfahrt…«

Papa kräuselt die Stirn. »Wie stellst du dir das vor?«, sagt er.

»Frau Weber könnte doch in dem kleinen Zimmer schlafen«, schlägt Mama vor. »Für Marie und Jette ist es sowieso viel besser, wenn sie in der ersten Nacht zusammen sind.«

»Au ja!«, ruft Marie. »So machen's wir.«

»So machen wir's«, sagt Papa und stöhnt.

Marie umschlingt seine Taille und küsst ihn auf den Bauch.

»Du bist der beste Papa der Welt«, quiekt sie.

»Aber ich habe doch bloß…« Er wirft Mama einen hilflosen Blick zu. »Ich habe sie doch nur verbessert.«

»Tja.« Mama zuckt mit den Schultern und grinst. »Jetzt haben wir den Salat.«

»Ich will wirklich keine Umstände machen«, sagt Frau Weber stockend. Sie sieht ganz blass und verlegen aus.

Ich stelle mich neben Marie, die mit großen Augen zwischen Mama, Papa und Frau Weber hin und her guckt und in der Nase popelt. »Aber das tun Sie doch gar nicht«, sagt Mama. Sie geht auf Frau Weber zu, nimmt sie am Arm und tätschelt ihr die Hand. »Sie haben sich während der Fahrt so wunderbar um Marie gekümmert. Ohne Sie wären wir vielleicht noch gar nicht hier. Wenn es Ihnen also recht ist…«

Frau Webers Augen leuchten auf.

»Oh, ja, ja… natürlich«, erwidert sie. »Es ist mir sogar sehr recht. Und ich verspreche Ihnen, Sie werden gar nicht merken, dass es mich überhaupt gibt.« Sie nickt Mama kurz zu, dann streckt sie Marie ihre Hände entgegen und sagt: »Hast du Lust, mir beim Bettenmachen zu helfen?«

»Au ja!«, ruft Marie.

Sie lässt sofort das Gepopel sein und rennt mit Frau Weber ins kleine Zimmer.

Papa kreuzt die Arme über der Brust und guckt Mama finster an.

»Aber nur bis morgen«, sagt er. »Dann ist Schluss.«

Ich schlafe wie ein Stein, und als ich aufwache, ist Maries Bett leer. Mit einem Satz springe ich aus den Federn und renne in den Wohnraum. Durch das größere Fenster kann man das Meer sehen und den Strand, mit den Felssteinen, an dem sich schon ein paar Leute tummeln.

»Marie?«, rufe ich. »Wo bist du?«

»Hier!«, ruft sie aus der Küche. »Wir machen Frühstück. Oma Gertrude und ich.«

Ich schaue auf die Uhr, die über einer dunkelbraunen Kommode hängt. Es ist kurz nach acht. Viel zu früh also. Jedenfalls für Papa. Der will im Urlaub immer ausschlafen. Am liebsten ist es ihm, wenn wir uns bis zehn oder elf Uhr alleine amüsieren. Für mich ist das auch gar kein Problem. Aber für Marie. Die fängt immer gleich an zu nerven, weil ihr langweilig ist.

Ich laufe in die Küche. Frau Weber füttert gerade die Espressomaschine. Marie verteilt Wurstscheiben auf einem Teller. »Salami und Clownsgesichter. Tiger gibt's ja nich«, klärt sie mich auf. »Und auf den da kommt Käse.«

»Und jeder isst einfach, wann er will«, sagt Frau Weber.

Sie trägt einen grünen Badeanzug und um ihre Hüfte hat sie ein rotes Tuch gebunden, mit großen lila Blumen drauf. Eine Blume ist genau auf ihrem Hintern und wackelt bei jedem Schritt auf und ab.

»Das ist eine gute Idee«, sage ich. »Dann geh ich jetzt erst mal zum Strand.«

Frau Weber nickt und Marie brüllt mich an: »Und ich bleibe hier!«

»Superidee«, sage ich und kneife sie sachte in die Nase.

Der Sand ist schon richtig warm und ganz wunderbar weich unter meinen Fußsohlen. Langsam gehe ich bis zum Wasser und lasse es über meine Zehen sprudeln.

Ein Stück weiter rechts neben einem dicken Felsbrocken bauen drei Mädchen eine Sandburg. Eine schaufelt, eine klopft und die dritte sammelt Muscheln. Sie sind ungefähr so alt wie ich. Unauffällig schlendere ich zu ihnen hinüber und stelle fest, dass sie deutsch sprechen.

»Macht ihr auch Urlaub hier?«, frage ich.

»Ja«, sagt die mit der Schaufel. »Wir wohnen da drüben in dem Hotel.« Sie streckt ihren Arm aus und zeigt auf ein Haus mit zwei Stockwerken.

»Ich heiße Jette«, sage ich.

Ich gucke eine Weile zu, dann fange ich an, einen Graben um die Burg zu ziehen, und vergesse die Zeit.

»Die ist aber toll«, sagt plötzlich Mamas Stimme über mir.

Ich blinzele zu ihr hoch. »Ja, nicht? Bloß noch nicht ganz fertig.«

Neben ihr steht Frau Weber. Sie hat wieder das grüne Kleid von gestern an. Marie hängt an ihrem Arm und macht ein Gesicht, als ob jemand ihr eine Tüte Bonbons geklaut hätte.

»Ich wollte tschüs sagen«, sagt Frau Weber. »Dein Vater bringt mich jetzt zu meiner Freundin.«

»Das ist aber schade!«, rufe ich.

Ich sehe Mamas Gesicht und beiße mir auf die Lippe.

»Oma Gertrude darf nicht wegfahren«, quäkt Marie.

Sie steckt ihren Finger in die Nase und fängt an zu popeln. Dann tritt sie eine Delle in die Burg.

»Lass das mal«, sagt Frau Weber. Sie beugt sich zu Marie hinunter und zieht ihr die Hand aus dem Gesicht. »Vielleicht sehen wir uns ja mal wieder.«

»Ja«, sagt Mama. »Aber jetzt gehen wir erst mal schwimmen und danach muss Jette was frühstücken.«

»Neiiin!«, brüllt Marie und stampft mit den Füßen meinen Graben platt.

Meine drei neuen Freundinnen gucken mich genervt an.

»Jetzt komm schon«, sagt Mama.

Sie hebt Marie auf den Arm und rennt mit ihr zum Wasser. Aber Marie hört nicht auf zu schreien.

»Tja, ich geh dann mal«, sagt Frau Weber, während ich versuche, den Graben zu retten.

Als ich wieder hochgucke, ist sie weg.

Marie hört nicht auf zu zetern. Mama versucht ihr Bestes, aber das reicht nicht. Bei Mama geht Marie immer bis zum Äußersten. Papa sagt, ich hätte das früher auch getan.

Erinnern kann ich mich daran aber nicht mehr, und im Moment bin ich sowieso nur noch sauer, weil die Burg noch nicht ganz fertig ist und Mama völlig genervt sagt: »Komm, Jette. Das hat ja keinen Sinn mit Marie. Wir gehen jetzt frühstücken.«

»Ich komm nachher wieder«, sage ich zu meinen neuen Freundinnen.

»Na hoffentlich«, sagt die mit der Schaufel.

Ja, hoffentlich. Ohne Brit ist wirklich alles blöd. Traurig trotte ich hinter Mama und Marie her in unser Ferienhaus.

Das Frühstück ist natürlich auch nicht

besonders spaßig, weil Marie zuerst den Zuckertopf umkippt und dann den Tisch mit Marmelade voll schmiert.

Ich habe überhaupt keinen Hunger und denke immer nur an die Burg und meine Freundinnen. Ich weiß ja noch nicht mal, wie sie heißen.

Plötzlich schlägt die Tür und dann stehen Papa und Frau Weber im Zimmer. Er stellt ihren Koffer und die Kühltasche auf den Fußboden und sagt:

»Wir haben es nicht gefunden.«

Er klingt überhaupt nicht ärgerlich.

»Oma!«, quiekt Marie. Sie springt vom Stuhl und zerrt fast die Tischdecke mit. »Oma Gertrude!«

Frau Weber nimmt sie auf den Arm und setzt sich mit ihr an den Tisch zurück.

»Ich glaube, ich muss euch was gestehen«, sagt sie. »Ich bin gar nicht ausgesetzt. Ich habe etwas getan, was man eigentlich nicht macht«, erzählt sie uns dann. »Ich habe euch angeschwindelt. Ich weiß gar nicht so genau, wo meine Freundin wohnt. Genau genommen habe ich schon seit Ewigkeiten keinen Kontakt mehr zu ihr. Früher, als wir jung waren, haben wir einen ganzen Sommer hier an der Mittelmeerküste verbracht. Es war eine wunderschöne Zeit.« Frau Weber seufzt. »Ich wollte so gerne noch einmal hierher. Ich wusste nur nicht, wie. Vor dem Fliegen habe ich Angst und die Umsteigerei im Zug ist auch nichts für mich.«

»Und da haben Sie sich einfach an die Straße gestellt und versucht, ein Auto anzuhalten?«, platze ich heraus.

Gertrude Weber nickt.

»Jawohl«, sagt sie. »Allerdings war das nicht so einfach, wie ich es mir vorgestellt habe. Es hat fast zwei Stunden gedauert, bis mich endlich das junge Paar mit diesem Sportflitzer mitgenommen hat.«

»In einem richtigen Sportflitzer sind Sie gefahren?«, rufe ich. »Cool!« Ich bin echt beeindruckt. »Das ist aber eine tolle Geschichte!«

»Nun ja«, entgegnet Frau Weber. »Für dich wäre das vielleicht ein Abenteuer gewesen. Für eine alte Frau wie mich ist eine Reise auf der harten, engen Rückbank eines Porsches allerdings nicht gerade empfehlenswert. Ich habe es nicht besonders lange ausgehalten und das junge Paar gebeten, mich an der nächsten Raststätte wieder rauszulassen.«

»Und uns haben Sie erzählt, dass die einfach ohne Sie weitergefahren sind!«, rufe ich und kann mir ein Grinsen kaum unterdrücken.

So eine verrückte Omi! Sie hat wohl Angst gehabt, dass wir sie sonst nicht mitnehmen! Hätten wir wohl auch nicht. So wie ich Papa kenne.

»Ja.« Gertrude Weber seufzt. »Diese Schwindelei war wirklich nicht in Ordnung.« Sie nickt Marie zu, die den Zeigefinger schon wieder tief in ihre Nase gesteckt hat und Frau Weber dabei hingebungsvoll anguckt. »Aber manchmal brennt da oben in meinem ollen Schädel irgendwas durch«, fährt sie fort und tippt sich gegen die Schläfe. »Und dann denke ich mir die dollsten Geschichten aus.«

Mama schüttelt den Kopf und Papa guckt ganz ernst.

»Bleibst du jetzt hier?«, fragt Marie und tätschelt Frau Weber mit ihren marmeladeklebrigen Popelfingern die Backe.

»Das muss sie ja wohl«, sagt Mama.

»Immerhin hat sie einiges wieder gutzumachen. Zur Strafe muss sie uns eben ein bisschen zur Hand gehen.«

»Das finde ich allerdings auch«, bestätigt Papa. Ich sehe ihm an, dass er sich das Lachen genauso verkneifen muss wie ich. »Und vielleicht wird das dann ja doch noch ein schöner Urlaub«, sagt er. »Auch ohne Brit.«

Erstmals erschienen in:
Katharina Braun (Hg.): Ab in den Süden
OMNIBUS, München, 2005

Literarische Knobelei
Welttags-Geschichten-Quiz

Auf den folgenden Seiten kannst du am Geschichten-Quiz mit Fragen rund um das Welttags-Buch 2006 teilnehmen. Dafür trägst du einfach die Antworten in die vorgegebenen Felder ein und schon ergibt sich daraus die Lösung! Du kannst das Quiz allein, gemeinsam mit Freunden oder in der Klasse lösen und natürlich kannst du jederzeit zurückblättern und in den Geschichten noch einmal nachlesen!

Übrigens: Die Reihenfolge der Fragen entspricht nicht der Reihenfolge der Geschichten im Buch!

Kleiner Tipp:
ü, ä = ue, ae!

Aus allen Einsendungen werden insgesamt 50 Gewinner gezogen, denen natürlich tolle Preise winken. Welche das sind und wohin du den Lösungssatz schicken sollst, kannst du auf der Seite 113 f. nachlesen.

Viel Spaß beim Lesen und Knobeln!

1. **Welchen Titel trägt die Geschichte »Während sie schläft« noch?**

___ ___ ___   ___ ___ ___ ___ ___ ___ ___ ___ ___ ___ ___ ___

1   7   20

2. **In welchem besonderen Zug fährt Frankie von Köln nach Venedig?**

___ ___ ___ ___ ___ ___ ___ ___ ___ ___ ___ ___ ___ ___

2   10   18

3. **Mit welchem Verkehrsmittel reisen Jakob und seine Mutter weiter, nachdem Jakobs Fahrrad einen Platten hat?**

___ ___ ___ ___ ___ ___ ___ ___ ___ ___ ___

5   16

4. **Aus welchem Land kommt das Aupair-Mädchen Brit?**

___ ___ ___ ___ ___ ___ ___ ___ ___

14   9

5. Was verändert laut Magdalenas Vater die Sichtweise?

— — — — — —
15 4

6. Wer hilft Martin aus der Klemme?

— — — — — — — — — — — — —
17 6 13

7. In welcher europäischen Stadt findet der Kunstraub des holländischen Ölgemäldes statt?

— — — — — — —
3 19 11

8. In welche Richtung fährt die Bahn, mit der Tim und Leo fahren?

— — — — — —
12 8

Lösung:

___ ___ ___   ___ ___ ___ ___ ___ ___ ___ ___
1 2 3   4 5 6 7 8 9 10 11

___ ___   ___ ___ ___   ___ ___ ___ ___
12 13   14 15 16   17 18 19 20

Sende die Lösung an:

Stiftung Lesen
»Welttags-Geschichten-Quiz«
Römerwall 40
55131 Mainz

Fax: 01805 – 288 900
Email: quiz@stiftunglesen.de

WICHTIG: Gib bei deiner Einsendung bitte deine Adresse und deine Klassenstufe an!

Einsendeschluss für das Quiz ist der **12. Mai 2006.**

Die Gewinner werden unter allen richtigen Einsendungen ausgelost. Der Rechtsweg ist ausgeschlossen.

Die Gewinner werden Ende Mai unter
www.stiftunglesen.de/welttag
veröffentlicht. Leider können nur die Gewinner schriftlich benachrichtigt werden.

Und das gibt's zu gewinnen:

1. Preis:
Eine mehrtägige Klassenreise innerhalb Deutschlands aus dem Schulfahrtenprogramm der Deutschen Bahn AG mit Übernachtung und Verpflegung

2. und 3. Preis:
Je ein Jahresabonnement der Zeitschrift "Treff" sowie ein Buchpaket für die Klassenbibliothek

3. – 50. Preis:
Je ein Buchpaket für die Klassenbibliothek

Wenn du gewinnst, gilt der Preis für dich und deine gesamte Klasse!

© Corinna Bernburg

Zoran Drvenkar wurde 1967 in Kroatien geboren und zog als Dreijähriger mit seinen Eltern nach Berlin. Seit 1989 arbeitet er als freier Schriftsteller und lebt in der Nähe von Berlin auf dem Land in einer alten Kornmühle.

Jürgen Banscherus lebt mit seiner Frau und seinen beiden Kindern im Ruhrgebiet. Seit mehr als zwanzig Jahren schreibt er Kinder- und Jugendbücher, die vielfach ausgezeichnet und in mittlerweile vierzehn Sprachen übersetzt worden sind. Seine bekannteste Figur ist der Milch trinkende und Kaugummi kauende Privatdetektiv Kwiatkowski.

© Hanno Feth

Monika Feth, wurde 1951 in Hagen geboren. Nach ihrem literaturwissenschaftlichen Studium arbeitete sie zunächst als Journalistin und begann dann, Bücher zu verfassen. Heute lebt sie mit ihrem Mann und ihrem Sohn in einem kleinen Dorf in der Voreifel, wo sie für Kinder, Jugendliche und Erwachsene schreibt. Ihre Bücher wurden vielfach ausgezeichnet.

© privat

Katja Reider, geboren 1960, war Pressesprecherin von »Jugend forscht«, bevor sie zu schreiben begann. Inzwischen hat sie mehr als 80 Kinder- und Jugendbücher veröffentlicht, die in viele Sprachen übersetzt wurden. Ihre Lieblingsthemen sind Glücksuche, Toleranz und die (nicht) alltäglichen Abenteuer des Alltags. Katja Reider lebt mit ihrem Mann und ihren zwei Kindern in Hamburg. Weitere Infos unter: www.KatjaReider.de

© Jochen Lübke

Wolfram Hänel, 1956 in Fulda geboren, lebt mit seiner Frau und seiner Tochter in Hannover. Er arbeitete als Grafiker, Fotograf, Werbetexter, Studienreferendar, Spiele-Erfinder und Dramaturg, bevor er 1987 zu schreiben anfing. Bislang sind mehr als 60 Romane, Erzählungen und Bilderbücher von ihm erschienen, die in insgesamt 15 Sprachen übersetzt wurden. Für seine schriftstellerische Tätigkeit wurde er 2001 mit dem Kurt-Morawietz-Literaturpreis der Stadt Hannover ausgezeichnet.

© privat

Dagmar Geisler, geboren 1958 in Siegen, wollte schon in der Grundschule Autorin werden. Sie arbeitete aber zunächst einige Jahre als Illustratorin und Cartoonistin, bevor die ersten eigenen Geschichten veröffentlicht wurden. Wegen des gelungenen Zusammenspiels von Text und Bild wurde sie für »Wandas geheime Notizen« von der Stiftung Buchkunst ausgezeichnet. Dagmar Geisler hat einen Sohn und lebt in der Nähe von München.

© Hannes

Christian Tielmann wurde 1971 in Wuppertal geboren. Er studierte Germanistik und Philosophie in Freiburg und Hamburg. Heute lebt er in Köln. Seit 1999 schreibt er für verschiedene Verlage Kinder- und Jugendbücher.

© privat

Patricia Schröder, 1960 im Weserland geboren, wuchs in Düsseldorf auf, studierte Textildesign und arbeitete einige Jahre in diesem Beruf. Als ihre Kinder zur Welt kamen, zog sie in den Norden zurück. Dort ließ sie sich mit ihrer Familie und einer Hand voll Tieren auf einer kleinen Warft nieder und fing an, sich Geschichten auszudenken. Inzwischen ist sie eine der bekanntesten und beliebtesten Kinder- und Jugendbuchautorinnen Deutschlands.

Zoran Drvenkar/
Gregor Tessnow
Wenn die Kugel zur Sonne wird
Altberliner Verlag

Jürgen Banscherus
Das Gold des Skorpions
Arena Verlag

Monika Feth
Und was ist mit mir?
cbj/Omnibus Verlag

Katja Reider
Falsches Spiel im
Klassenzimmer
cbj/Omnibus Verlag

Wolfram Hänel
Robbie will wieder nach Hause
cbj Verlag

Dagmar Geisler
Wandas geheime Notizen
dtv junior

Christian Tielmann
Andi & Laura oder
Wie man seinen Lehrer
vergrault
dtv junior

Patricia Schröder
Daniel im Doppelpack
Arena Verlag

Nachwort

Mit Geschichten auf Reisen gehen

Unsere Geschichten zeigen es ganz deutlich: Reisen und Lesen gehört einfach zusammen! Zum Welttag des Buches am 23. April gibt es deshalb noch eine ganz besondere Aktion für alle weiterführenden Schulen: Ihr seid herzlich eingeladen, euch am großen Kreativwettbewerb für die 5. bis 7. Klassen zu beteiligen. Ob Comic oder Hörspiel, ob Collage oder Plakat – mit allen Einsendungen rund um die Themen Reisen und Lesen habt ihr die Chance, tolle Preise zu gewinnen! Die Ausschreibung für den Wettbewerb findet ihr in den Unterrichtsmaterialien zum Welttag des Buches, die die Stiftung Lesen auch an eure Schule geschickt hat. Fragt für eure Teilnahme einfach bei eurer Lehrerin oder eurem Lehrer nach. Und unter
www.stiftunglesen.de/welttag
erfahrt ihr online, wie ihr mitmachen könnt.

Auch viele Buchhandlungen bieten euch rund um den 23. April literarische Aktionen an. Erkundigt euch doch einfach in eurer Buchhandlung, vielleicht könnt ihr dort bei der großen Schnitzeljagd »Ich schenk dir eine Geschichte« mitmachen und mit etwas Glück eins der vielen Buchpakete gewinnen.

Noch mehr über den Welttag erfahrt ihr auf unserer Internetseite unter www.stiftunglesen.de/welttag. Auch im Kinder- und Jugendprogramm bei ZDF-tivi gibt es in vielen Sendungen rund um den Welttag des Buches Spannendes zum Thema Reisen und Lesen zu sehen.

Wir wünschen euch bei allen Aktionen viel Lesespaß!